10 years

太阳鸟十年精选

王蒙　主编

你所有的时光中
最温暖的一段

辽宁人民出版社

图书在版编目（CIP）数据

你所有的时光中最温暖的一段 / 王蒙主编 . —沈阳：辽宁人民出版社，2018.1
ISBN 978-7-205-09122-4

Ⅰ. ①你… Ⅱ. ①王… Ⅲ. ①中国文学—当代文学—作品综合集 Ⅳ. ①I217.1

中国版本图书馆CIP数据核字（2017）第266290号

出版发行：辽宁人民出版社
　　　　　地址：沈阳市和平区十一纬路25号　邮编：110003
　　　　　电话：024-23284321（邮　购）　024-23284324（发行部）
　　　　　传真：024-23284191（发行部）　024-23284304（办公室）
　　　　　http://www.lnpph.com.cn
印　　刷：沈阳旭日印刷有限公司
幅面尺寸：160mm×230mm
印　　张：12.75
字　　数：199千字
出版时间：2018年1月第1版
印刷时间：2018年1月第1次印刷
责任编辑：赵维宁　艾明秋
装帧设计：丁末末
责任校对：冯　宁
书　　号：ISBN 978-7-205-09122-4

定　　价：39.00元

总序

PREFACE

　　这套"太阳鸟十年精选"所收录的文章均选自过去十年我为辽宁人民出版社主编的太阳鸟文学年选。太阳鸟文学年选作为每年国内出版的多种文学年选中的一种,已经坚持了近二十年。它说明辽宁人民出版社的这套太阳鸟文学年选具有相当的历史性,表现了辽宁人民出版社编辑们的坚持不懈,这也是年选权威性的一个方面。

　　太阳鸟文学年选近二十年来,纳入其编选范围的文体大致六种,即中篇小说、短篇小说、诗歌、散文、随笔和杂文,这一次编辑将选文的体裁限定在了"美文",杂文记忆中也只选了三四篇。整套书共十三种,包括《途经生命里的风景》《异乡,这么慢那么美》《故乡,是一抹淡淡的轻愁》《这世上的"目送"之爱》《历史深处有忧伤》《愿陪你在暮色里闲坐,一直到老》《你所有的时光中最温暖的一段》《那个心存梦想的纯真年代》《一生相思为此物》《掩于岁月深处的青葱记忆》《在文学里,我们都是孤独的孩子》《艺术,孤独的绝唱》《那个时代的痛与爱》,除《那个时代的痛与爱》主题相对分散,其他内容包括国内国外、故乡亲人、历史人物、童年校园、怀人状物、读书谈艺,可以说涵盖了人生的方方面面，可供阅读群体广泛。集中国十年美文创作于一书，这个书系的作者也涵盖了中国当代文学写作，尤其是散文写作的大量作家，杨绛、史铁生、袁鹰、余光中、梁衡、王巨才、王充闾、周涛、陈四益、肖复兴、李辉、王剑冰、祝勇、张晓枫、刘亮程、毛尖、李舫、宗璞、蒋子龙、陈建功、李国文、刘心武、李存葆、陈世旭、梁晓声、陈忠实、贾平凹、铁凝、张承志、张炜、余华、韩少功、王安忆、苏童、周大新、格非、迟子建、刘醒龙、刘庆邦、池莉、范小青、叶兆言、阿来、刘震云、赵玫、麦家、徐坤等。还有黄永玉、范曾、韩美林、谢冕、雷达、阎纲、孙绍振、温儒敏、南帆、陈平原、孙郁、李敬泽、闫晶明、彭程、刘琼等艺术家和评论家。他们的阵容，令人想起改革开放以来中国当代文学的版图。

　　为了"优中选优"，我重新翻阅了近十年的太阳鸟文学年选散文卷和随笔卷，并生出一些感慨。文学应该予人以美，包括语言之美、结构之美、韵律之美，更包括思想之美、情感之美、叙事之美，言之有思，言之有情，言之有恍若天成的启示与灵性。美好的东西总是让人念念不忘，文章也是如此。重读这些当年选过的文章，依然让人或心潮澎湃，或黯然神伤，或感同身受，或心向往之，一句话，也就是我最入迷的文学品性：令人感动。

　　大概十年前，为了继承和发扬赵家璧先生在良友图书公司主持"中国新文学大系"的传统，我曾为出版社主编过"中国新文学大系"第五辑，我在序言中曾说，文学是我们的最生动、最刻骨铭心的记忆，是我们的"心灵史"。我希望这套选本，也能不辜负读者与历史的期待。

2017 年 9 月

目 录
CONTENTS

李庄琐忆

王世襄

―――――――

元宵舞龙

我记不清是1944年一月尾还是二月初,正月初五刚过,随梁思成先生搭乘从重庆去宜宾的江轮,在李庄上岸。同行者还有童第周先生。

到李庄才几天便是元宵节,新春舞龙最后一夜,也是全年最热闹最欢腾的一夜。营造学社除了梁先生需要在家陪伴夫人外,长幼倾巢而出,参加盛会。

李庄镇东端有一块比较平坦的广场,通称坝子,是年年舞龙的地方。黄昏时分,几乎全镇的人都已集中到这里。二三十个大红灯笼悬挂在坝子周围,五条龙色彩绚丽,须能颤动,眼会滚转,形象生动。竹箍为骨,外糊纱绢,各长五六丈,分列场边。一队队小伙子,挨着各自的龙,有的解开衣襟,有的光着膀子,准备上场。坝子毕竟小了些,几条龙不能同时共舞。

刹那间,点燃鞭炮一齐掷入场中,火花乱溅,震耳欲聋。这时,高举龙头的两队，进入场内。小伙子们手举着龙身下的木棒用力挥动，时左时右，忽高忽低，夭矫翻滚，两条龙眼看要相撞，又迅速地避开，满场喝彩声大作。另外两条龙已进入场内，换下已舞了好一阵子的双龙。就这样轮流舞了几个小时，小伙子们已大汗淋漓，却毫不觉得劳累，一直舞到东方发白，才肯收场。所有的人好像都不惜付出全身精力，欢送去岁的吉祥如意，迎接来年的国泰民安。

我记得到李庄后第一封写给荃猷的信就是观看元宵舞龙的盛况。一直在城市生活，从未见过乡村小镇新年伊始朴实却又毫不惜花费、真情奔放、尽兴欢腾的场面，当年看后就写，自然比现在追忆要真实得多，生动得多。可惜此信在"文革"中被抄走，否则既不用重写，而且更有纪念意义。

火把照明的学问

元宵看舞龙，归来已逾午夜。从李庄东头的坝子回到西头月亮田学社，是两位学社工友，一前一后，打着火把送我们回来的，边聊边走，很顺利就到家了。

当地人夜出，不用灯笼或油灯，更没有手电，只用火把。川江上水行船，用篾条编成纤绳牵引。日久老化，将它剁成两尺多长的段，便是火把，真是一个废物利用的好办法。

我只知火把照明很方便，不知道须要学会打火把的技术。一次我很冒失，傍晚想去镇上买些椒盐花生、炒胡豆，返回时天色已晚，买了两根火把，快出街巷时，借人家灶火点燃一根。哪知刚出镇子，火苗越来越小，半路上竟已熄灭，用火柴怎么也点不燃它，只好试探着往前迈步，弄不清是路还是田埂，一脚踩空，跌入沟中，衣履尽湿，买的食物也丢了，爬出来极狼狈地回到学社。到此时才知道打火把并不容易，要知道如何才能防止熄灭，不仅须了解原理，还须学技术才行，所以并不简单。

原来打火把必须学会辨明风向，要求火把尽端直对风向，篾条才能均匀燃烧。倘侧面受风，篾条燃烧不均，火苗便越来越小，终致熄灭。倘遇微风，也须根据篾条火苗情况，随时转动火把。总之，保持篾条根根均匀燃烧，是使它不熄的关键。

天下许多小事物看似简单，其实也蕴藏着道理和技巧。我从当时只花几分钱便可买到的火把，经过照明失败，悟出了平时不可因事物微小而轻视它的道理。

卖煤油　买竹纸　石印先慈遗稿

先慈金氏讳章，自幼习画，擅花卉翎毛，尤工鱼藻。有遗稿《濠梁知乐集》一册四卷。1943年离京南下，遗稿藏行箧中，以防散失，且盼幸遇机缘，刊印传世。

在学社工作，或谓李庄有一家可以石印。曾疑川南小镇，恐难有印刷厂。走访场上，居然有一石印车间。斗室不过五六平方米，主人之外，铁支架、厚石板、铁皮、滚轴、磨石各一，此外更无他物。石印之法，由主人提供药纸、药墨，书写后送还车间，将纸反铺石板上，盖好铁皮，滚轴往返滚压，直至纸上墨迹已过到石板上。揭纸刷墨，以字迹已尽受墨为度。上铺白纸，盖铁皮，再滚滚轴两三次，去铁皮揭纸，一张已经印成。依上法再印，可印一二百张。改印他页，须将石板上字迹磨去，依上述程序再印第二张。原来车间不印图书报刊，只印售货包装纸，红色方形，盖在货包上，用细绳捆扎好，起招牌广告作用。经访问知石印遗稿已有着落，下一步当考虑使用何种纸张问题了。

邻县夹江县产竹纸，洁白而韧性较差，须去宜宾方能买到。恰好此时学社发给每人煤油一桶，工作室有灯可就读，故不甚需要。于是择日提油桶搭李庄当日往返宜宾小火轮，易得竹纸两刀及深色封面纸而归。

遗稿约70页，每周日可印五六页，三个月100册全部印成。折页期间，上书恳求马叔平、沈尹默前辈赐题书签及扉页均已寄到，补印后开始线装。装工虽拙劣，亦完成近50册，分赠图书馆及友好。待装者于1945年秋携回北京始陆续装成。

1989年冬香港翰墨轩精印《金章画册》，有彩色书画50余幅，后附遗稿，即据当年李庄手写本影印。当年虽用极简陋之石印印成，亦尚清晰可读，实出意外。

学社在李庄编印《汇刊》第七期一、二两册，梁先生面告社员："谁写的文章，谁负责抄写和石印，并参加装订工作。"裏有文稿两篇，遵照指示完成。已驾轻就熟，得益于先慈手稿之石印。但插图乃出莫宗江、罗哲文两先生之手，深感惭愧。

过江捡卵石

李庄位于长江南岸，对岸看不见人家，而有大片卵石滩和迂回成湾的浅水区，游泳十分安全。周日三五人结伴，请江边木船主人渡我们过江，得半日之清闲。我不谙水性，只好背竹筐捡石子了。

说也奇怪，当时真觉得有不少值得捡的，那块圆得可爱，这块颜色不一般，一脚踢出一个扁形的，上面仿佛有山峦花纹。一块白得有些透明，心想如泡在水里，说不定该有多么好看呢。大半个石滩走下来，竹筐显得沉重，腰有些不好受，只好卸下竹筐看同伴游泳了。

回到学社，地面放个大木盆，盛上多半桶水，把捡来的卵石一块一块地放进去，没想到反而不及捡时好看。于是一块一块再淘汰，丢在院中大樟树的后面。到最后，竟扔得一块都不剩了。

过江捡卵石去过三四次，最后只留下两块，北返时放在衣兜里带回北京，至今仍在我案头。一块小而黄，有黑色横斑。一块深绿，呈不规则三角形，下部圆而润，有纵横丝绦及茸然圆斑，颇合前人"蛛网添丝屋角晴"诗意，遂以名之。卵石只不过是李庄的梦痕，倘与诸家奇石谱相比，便有小巫见大巫之感了。

步行去宜宾

北京朝阳门到通州，都知道是40华里。我曾步行去过两次，吃小楼的锅烧鲶鱼，买大顺斋的糖火烧。到了李庄，都说去宜宾是60华里。有人认为南方人比北方人矮，以步计里程，四川的60华里和北方的40华里可能差不了多少。

一个假日，清晨出发，沿着江边道路西行，想验证一下上面说法是否可信。10时许，宜宾已在望了。计算一下，加上过江路程，似乎比朝阳门到通州远不了多少。宜宾位于岷江、金沙江汇合处的高原上，或谓长江应从这里算起。但岷江水清，金沙江水浊，要流出几里外，才浑然一色。所谓"泾渭分明"就指尚未合流的现象。

我看时间尚早，没有走向江边的渡口，而被南岸的一条山涧吸引住了。几处落差较大，湍流颇急，两旁大块石头上，坐着儿童，手持有柄网兜，与捉蜻蜓的相似。等候游鱼逆水上游，腾空一跃，儿童伸臂相迎，正好落在网里。再看他吊在水中的竹篓，已有三四条半尺来长的鱼了。我看得高兴，一时唤回了童心，真想几时来此网鱼，待上一天。

渡船送我过江。因曾来买竹纸，已逛过宜宾几条街巷，下午便乘小火轮返回李庄。

留芬饭馆

我曾去过四川中等城市如白沙、宜宾，饭馆大都采用同一规格。进门中间是通道，左侧从房顶吊悬一根木杠，有许多铁钩，挂着各色鸡、鸭、鱼、肉，好让顾客一进门便知道店中准备了什么原料。因当年没有冷冻设备，挂起来通风总比堆放着好，当然也先让苍蝇吃个饱。左边是炉灶，锅碗瓢勺摆满一案子，厨师如何掂炒，加什么调料可以看个一清二楚。我进去要一个菜就等于上一次烹饪课。走过通道才有供客人坐下来吃饭的桌椅。

留芬饭馆在李庄首屈一指。到了禹王宫短短街，向左一拐，坐北朝南便是。但小得可怜，门面只有一间屋，东侧也有一根挂原料的木杠，室中只能摆一张方桌。炉灶必须设在后边一间了。往后走的通道里好像还有一张小桌，可供两人进餐。

在李庄的两年中，我和同事们凑在一起，因个个阮囊羞涩，只去过两三次。吃过的菜有："大转湾"，就是红烧鸡翅、鸡腿，因形状弯曲而得名；夹沙肉，猪肉夹豆沙，蒸得极烂，肥多于瘦，十分解馋；炒猪肝，用青蒜和醪糟作配料，十分鲜嫩；鱼香肉丝，觉得特别好吃，因抗战前北京饭馆似乎还没有这道菜。日寇投降后曾在四川住过的人大量返回家乡，鱼香肉丝才开始在各地流行。北京每个饭馆都有，不过吃起来，总觉得不如在留芬吃得那样，有说不出的特殊风味。可能不仅是所用调味原料有别，应该还有对半个世纪前的李庄生活有一丝的眷念。

"豆尖儿"

我从小就爱吃豌豆苗，当时家庭、饭馆都用它作配料。一碗高汤馄饨、榨菜肉丝汤或一盘滑溜里脊，汤面漂上几根，清香嫩绿，确实增色不少。我也曾想倘掐地里种的豌豆棵嫩尖，用作主料，清油素炒，一定也很好吃。只是北京无此习惯，菜农舍不得掐，怕妨碍豆荚生产，没有卖的。

到了李庄，在饭摊上第一次尝到此味，名曰"豆尖儿"，清香肥嫩，供我大嚼，不亦快哉！太简单了，眼看着老板娘从摊后地里掐回来，转眼就炒成了。

上世纪80年代末，应邀去香港主持家具展览开幕式，在筵席上吃到"炒豆苗",也很鲜嫩,只是其本味——豆苗的清香,不及李庄饭摊的"豆尖儿"。原来香港已有用仪表控制温湿度的暖房,专门培植各种蔬菜供宴会之需。不用问,两地同一道菜的价格有天渊之别。

近年北京餐馆食谱也有了"炒豆苗"这道菜,但高级餐馆和一般饭馆所用原料完全不同。前者把云南等地的豆棵嫩尖空运来京,后者则在大白铁盘中铺满豆种,长成密而细的苗后,大片割下,故被称为"砍头豆苗"。前者即使再加工一次,去掉一半,只要顶尖,也难留住原味。后者则有如吃草,不堪下箸了。

一味饭摊上的"豆尖儿",有时使我想起李庄。

原载《读书》2007年第3期

我在恭王府的童年

霄 云

————————

"一座恭王府，半部清朝史"（历史学家侯仁之）。

在海外看到有着二百多年历史的恭王府将斥资四亿复原和修缮的消息，唤起我对恭王府——我童年的伊甸园深深的眷恋。

我并非和珅、和孝公主或是恭亲王的后裔，也非任何皇亲国戚之子孙。但我有幸于1958至1965年在恭王府生活了七年。

五六十年代的恭王府

那时的恭王府被划分为四个部分。其中一部分，即恭王府后花园（翠锦园）的部分为公安部所用。我的父亲在1957年调入公安部工作，我家随即被安置在恭王府石山后面的一座平房，即"蝠厅"。据说这曾是恭亲王奕䜣当年经常与至交谋划军国大事之地呢。

我们搬入时，这个大花园南边的府邸归辅仁大学，后为中国音乐学院。府邸与花园相隔的是一座长达一百六十米拥有九十九间房的二层后罩楼（当时是学生宿舍）。东边与我家一墙之隔的是天主教堂，西边是一个机械厂（也有朋友说，那是国务院的仓库）。据说自1921年起恭亲王之子为筹备复辟经费将整个恭王府抵押给了天主教会。我们所居住的部分在日伪和国民党统治时期是特务机关，因而解放后被公安部接收。

这是恭王府花园中规模最大、保存最完整的部分，有十多所大小不等的宅院。当时公安部有四位副部长和数位局长住在园内。另有两幢新式的三层楼房是苏联专家的招待所。现已被划在开放的恭王府之外。

恭王府非常之大，据说总面积有一百多亩，是清代最大的王府。位于西城区前海西区。那时是府夹道一号，后来又改为毡子胡同七号。我们的院子有三个大门，常开的是东南门和北门。而现在开放的恭王府用的是西门，即前海西街十七号。

进入王府花园的正门是西洋门，一座西洋建筑风格的汉白玉石的拱门，类似圆明园中的大法海园门。门额上刻着"静含太谷""秀挹环春"。跨进西洋门，一座突兀的石峰——"飞来峰"迎面而立。园中假山林立，树木成荫，碧波荡漾的湖中荷花绽放，堤岸边的垂柳婀娜多姿。无处不在的曲径通向亭台楼榭，披着斑斓彩绘的长廊连续着一座座优雅玲珑的小宅院。每座宅院都极为别致，有如圆太阳和弯月的日月门，有因门上雕刻有两个倒垂的花卉而得名的垂花门，还有江南庭院风格的镂空壁窗等。各院内的植物也是独特的：有翠竹、丁香、海棠、芭蕉、紫藤萝、夹竹桃等，色泽、香味各成一体，争妍斗奇。

我家位于石山后最幽静的一排平房，形状如展翅的蝙蝠，因而得名"蝠厅"。凸出的厅堂似蝙蝠的头，向两侧伸展的侧房恰似蝙蝠的两翼。长长的走廊沿着整座平房，彩绘的斑竹据说全是油工一笔一笔画上的。该建筑的造型和彩绘被誉为"古建筑中只此一例"。

这排平房从中间分为东、西对称布局的两套居室，各有六个房间和三个浴室。我家搬入后，曾稍作改动。当时客厅外有一大块平台，于是将我们和邻居汪伯伯家的客厅都向前推出了一大截，成了父亲们的办公室。另外，我家门口与假山间要先下台阶，再上台阶。为了行路方便，两段台阶之间的凹地被填平了。垫高了的土地上搭了葡萄架，还种了苹果树、梨树和花。后院养了鸡、鸽子和兔。1999年，我重访恭王府时，注意到原来改动的部分已恢复了原样。

我家面对着园中叠石成峰的主山。那是用糯米浆砌筑而成的假山，爬山游廊依山而建，山间屹立着数棵珍贵的虎皮松。藏在深幽中的石阶蜿蜒崎岖，是那样的神秘，似盘旋着通向山顶，忽而却转下了山洞，成了我们捉迷藏最好玩的地方。一到暑假，孩子们像泥猴子般上山入洞，忽隐忽现。那正是我们的花果山、水帘洞。

山洞里有个国宝级的文物，那是康熙皇帝为祖母祝寿亲笔题写的"福"字碑。据说康熙很少题字，因而这苍劲潇洒的"福"字颇为珍贵，被称为天下第一"福"。

山洞里潮湿阴暗，长满青苔。即便是炎炎夏日，走到洞口也顿时有一股寒气和吸力，不知是仙气还是妖气，反正我不敢独自进洞。走到山洞的中央，豁然明亮，一缕阳光从福字碑前敞开的洞门照射在石碑上，像是福光四射。福字碑前是一个方形的池塘（福池），池中养着金鱼和鲤鱼。天暖时，鱼儿戏水，抢食甚欢，常常跃出水面，溅起水花。

山洞的东西各有爬山洞，可盘旋上山顶的大平台——"邀月台"。台上一个大亭榭是全院中轴线上的最高点，可眺望全园。山水，绿荫，亭台，古木，典雅的花园景致尽收眼底。天好时，甚至能看到远远的西山。假山的平台上有两口大缸，缸底有管子直通到假山上，以增加湿度。

我家的保姆和儿子就住在这最高的大亭榭内。照理说这是超凡脱俗的仙人之居，但高处不胜寒。一到了夜晚，山石如鬼怪般突兀怪嶙。古风萧萧，树影斑斑，闹鬼的故事不绝于耳。但她在亲历了这些故事后，并无恐惧，且津津乐道，倒把我吓得不敢走夜路。她是长寿的，在她老年时我去看望了她，精气神儿十足，记忆超凡。谁说没有仙灵的照应呢？

大观园之说

其实我们生活在恭王府的八年中，虽听说此为皇上弟弟的王府，却不知道称恭王府。住在附近的郭沫若一次次到访考察，经他这位博学的大文豪的"考证"，我们这个大院是曹雪芹笔下的大观园。不知是曹雪芹当年曾到访过恭王府，依此园的场景写成了《红楼梦》中的大观园，还是在《红楼梦》问世以后，以荣国府为模子建成了这座花园大宅院。于是，大观园就成了这个大院的称呼。

园中大大小小的宅子也都有了《红楼梦》里的名字。如正对"蝠池"（蝙蝠形的池塘，又有福这寓意），建于平台之上的"怡红院"；院内有一片江南丝竹的"潇湘馆"；四周有忠孝结义典故的彩绘，地面有弯曲凹槽的"流杯亭"，被演绎成《红楼梦》里贾宝玉和众才子佳人饮酒赋诗、行酒令时让酒杯顺"曲水流觞"的亭榭。我家的保姆住过的最高的假山亭台据说是贾母及儿媳、孙辈们中秋赏月之处。就连一口被大石头压住的深井也成了《红楼梦》里金钏被王夫人逼迫投井之处……据说《红楼梦》里的大观园周边的地名如大翔凤、小翔凤、府夹道、姑子庙，也与恭王府周围的胡同名相同呢。

我那时还小，不准我读《红楼梦》。而大人们迷着《红楼梦》，一个个成了"红学家"，循着郭老的思路，在无数《红楼梦》的诗词典故中推敲出当年园中的情景。我大哥曾躲在邀月台上（躲避妈妈分配的家务事）看了两天《红楼梦》，眼睛被阳光灼伤，泪流不止。

郭沫若向中央打报告批专款建曹雪芹博物馆。自此我们这"大观园"可热闹了，周总理、刘少奇、朱德、胡志明、廖承志、陈毅等中外国家领导人，一个个地来视察、造访。名流和文人慕名而来。放学回家看到西洋门前的柳荫大道上停放着吉斯、大红旗，增加了警卫，就知道有重要领导人到场。我们小孩儿好兴奋，自动地站成一排，等着和领袖们握手。父亲和其他大人们因为是做公安、保卫工作的，和领导人往往有接触，碰上中央领导，总听到说："哦，你住在大观园啊？我可是刘姥姥进大观园。"我那时虽没读过《红楼梦》，可"刘姥姥进大观园"这句话却早已耳熟能详。"大观园"的声名不胫而走，爸爸的老朋友来访的也多了，家家都有不少"刘姥姥"来逛大观园呢，十分兴旺。

关于建曹雪芹博物馆，中央一直没有拍板，但非常重视这座皇家园林的维护。甚至已作为学生宿舍的后罩楼的维修也要上报周总理。总理批示：一切照原样修复。

后来，"文化大革命"了，郭老至死未完成他建曹雪芹博物馆的心愿。他想象中的大观园真的破败了，衰落了。住在里面的红楼人成了黑帮，住进了"牛棚"，自身难保。园丁、工友也不再伺候这封建贵族的老宅。花木凋谢，庭院萧条，金鱼池变泥塘。

不知从何时起，"大观园"因被专家考证为建于1776年的和珅的宅邸，以及1851年恭亲王成为继庆亲王后的第三代主人，从此恢复了恭王府的称号。据说1975年周总理在病榻上，托付给谷牧三件未完成的事情之一就是恭王府这座保存最为完整的王府建筑群的对外开放。1982年，恭王府被列为国家重点保护单位，占据王府花园的公安部宿舍、教堂和工厂都逐步被接收、修缮，于1988年作为旅游景点正式对外开放。

目前宣布斥资四亿修复原恭王府的府邸，是现中国音乐学院附中所在地，正在搬迁之中。当年姐姐考上了音乐学院附中，就住在与我们一墙之隔的学校里。所以我去找姐姐时有幸进去过几回。绛红色的王府大门外卧着两具石狮，十分威武。府内金碧辉煌的大殿堂、戏楼，像故宫一样围成了四四方方的两个大院落，威严庄重。听说这部分将在2008年修缮完毕，届时一个完整的恭王府将重现原来的盛况，展示于世人。

如果当初建成了郭老倡议的以大观园为原型的曹雪芹博物馆，也许今天要耗费更多的人力财力来恢复历史原状，也许经七改八改再也无法复原。看来一个工程的暂时搁浅，有时会带来意想不到的意义。一万年未免太久，可只争朝夕难免铸成历史的大错。

我写到此，正好看到黄裳的文章，谈到周总理说："不要轻率地肯定它就是《红楼梦》的大观园，但也不要轻率地否定它就不是。"此文说到上世纪五六十年代之交，迎来了曹雪芹逝世二百周年纪念，《文汇报》发表了《京华何处大观园》。作者吴柳采访了写《恭王府考》的周汝昌，还配了大幅的"大观园图"，大字标题是："曹雪芹卒年无妨一辩，大观园遗址有迹可寻"。可见，那正是考证恭王府与大观园渊源的最红火的时期。

尽管曹雪芹博物馆未在恭王府内建成，但周汝昌却并不气馁，沿着原有思路，继续追寻，于1992年推出了《恭王府与红楼梦》，近又增益新知，重订旧作。看来恭王府与《红楼梦》的研究至今仍未休止。

我在恭王府的快乐童年

在恭王府的童年是快乐无比的。园子大，小朋友多。下了课就喜欢在假山前跳橡皮筋，踢毽子，跳房子……快到爸爸妈妈下班时才赶紧溜回家。

院子里的大多数孩子都住校，"八一""育才"之类。我的大哥和二哥读101中，小哥读育才。不知为什么，妈妈不让我和姐姐住校，把我们送进附近一所名不见经传的大翔凤胡同小学（现为柳荫胡同小学）。出了北门直走，向右拐走到底就是校门。可是从恭王府最深处的我家到北大门要走过假山、金鱼池、蝠池、流杯亭、"怡红院""潇湘馆""日月门"……就是不出西洋门，走捷径翻土山，到北门也要走十五分钟呢。土山本无路，只有树与草，却被我们这些走捷径的孩子踩出了道。

一天起码走四次，我对恭王府里的山山水水、一草一木是再熟悉不过了。

恭王府被四周的高墙结结实实地围裹着，但再严实的城堡也难保没有缝隙。紧靠我家院墙的另一侧是天主教堂，也属于恭王府的一部分。有一处院墙是砌在一个太湖石的中间，墙上安了铁丝网和碎玻璃。于是我发现了一条最近的捷径。有几次午睡过头了，我就毫不犹豫地翻过了院墙上的铁丝网，趁人不备，爬下教堂那边的假山，从圣母玛利亚的雕像前溜出大门，出了门就是大翔凤胡同，没几步就到学校。当然这是一条非常时期才启用的通道，而且是绝对不能泄露的。

但好景不长。爸爸生重病时，304医院派了位护士做护理。一天晚上，她去厨房熬药，大惊失色地跑回来说看到一个梯子靠在院墙上。谁知道待到几个警卫赶到时梯子却不见了，忙活了半晚也没发现踪迹。不管如何，当晚安了岗哨，第二天公安部派人来侦查取样，也未查出下落，推测是那位护士由于紧张而产生的幻觉。她急得哭了，当兵五年，正在入党提干的当口，哪能被人看成胆小鬼？便信誓旦旦地保证没看错。后来爸爸表扬她警惕性高，才让她得到安慰。案子就这样不了了之了。

可是我的秘密却被发现了：墙头上的玻璃大量残缺，铁丝网也被拉扯过，大概还有我的脚印。我被询问后全招了。我这条秘密通道就这样被捣毁了不说，墙头上加固了新的碎玻璃、铁片和铁丝网。更要命的是，每当我晚上出去，那梯子竟然在眼前幻影般若隐若现，害得我总以为教堂那边有特务爬过来。

那年头，很多间谍的故事都喜欢扯上教堂。在做祷告或是忏悔时，神父就把密写的纸条偷偷地塞给了伪装成他的教徒的间谍……于是让我从小对教堂有一种既神秘又恐惧的好奇心。我常常站在我家这边的假山石上窥探那边熙熙攘攘的做祷告的信徒，看他们在胸前画十字，在圣母玛利亚雕像前下跪。父亲的秘书李叔叔家的窗户就对着礼拜堂，周日我会在他家推开半扇窗，听教堂传出的祷告声和唱诗班的优美凄婉的和声。我从没进过教堂里面，直至几年前重返开放的恭王府，看到我家与教堂间的院墙消失了，教堂已经恢复成一个金碧辉煌的大戏楼。戏楼里的游客们正嗑着瓜子，品着香茶，兴致浓浓地看着戏台上的京剧，颇有当年王爷、王妃们的排场。

说到间谍的故事，我小时候最爱看《福尔摩斯探案集》。这套书是公安部群众出版社翻译内部出版的，我也是偷着看的。我满脑子都是曲折离奇的破案情节。有一天，隔壁的音乐学院宿舍有人作案，钢琴、小提琴给砸坏了。看到沿着后罩楼测量、取证的办案人员，我兴奋地跟着看热闹，期待着一个惊险的侦探故事。

案子破得倒很快，可让我大失所望。那居然是我们大院里一个最调皮的九岁男孩干的，不知是什么鬼使神差，他趁学生上课，宿舍无人时爬进了后罩楼的小窗子，用重器对乐器乱砍，破坏完就回家了。这案子的离奇，就在于谁也没想到作案的人偏偏就住在公安部的院内，是个既无冤又无仇的毛孩子干的，是任何逻辑推理都无法解释清的垃圾案子。好在破坏不大，一个九岁的小孩又进不了班房，他的当局长的爸爸给了他一通皮鞭伺候，自此再没惹事。

暑假是我们最开心的时候。那些住校生全回来了，清静的恭王府一下子有了生气。大一点的中学生把全院的小孩组织起来，锻炼身体，参加公益劳动，排练话剧、相声、小品、歌舞加手风琴和口琴伴奏……暑期结束前我们会在原来放苏联电影的露天平台上，上演我们自编、自导、自演的文艺节目。

我的哥哥们往往喜欢玩点儿带刺激的。有一年暑假他们闲来无事，居然捅起了马蜂窝。他们看不过房檐下越来越大的马蜂窝，和肆无忌惮在头顶上窜来窜去的大马蜂。于是把头包得紧紧的，戴着眼镜，拿着长长的火把，去点马蜂窝，那架势就像堂吉诃德大战风车。马蜂窝点着了，一窝蜂嗡地蹿了出来，朝哥哥的头上叮去。可哥哥们全副武装，任凭蜂蜇虫咬，我自岿然不动。马蜂实在气不过，就突然转向站在远处看热闹的姐姐，她捂着头吓得哇哇大哭，脸上还是被马蜂报了一箭之仇。

我们还有一块试验田，就在靠教堂的墙根底下。有一年，大概是受大街小巷那些宣传画上比人还要高的大玉米、大萝卜的影响，三哥说要创造双层种植法——萝卜往下长，西红柿往上长。于是，他带领我们深翻土地，上了厚厚一层鸡粪，先播萝卜籽，覆盖上几厘米土后，再种西红柿秧，期待着秋后地上和地下的双丰收。经过我们的精心培植，西红柿倒是吃到了几个，可是拿铁锹把土翻了个个儿，也没见到一个萝卜。

暑假一过，住校的玩伴儿都走了。但那是一个童心无忌的年月，什么都可以让我玩儿得酣畅淋漓。放学回家，在院子里碰上扫垃圾的工友，我会坐在他的手推垃圾车里，上坡，再借着地势落差形成的加速度飞快往坡下冲，那刺激的程度不亚于迪士尼的游艺机和磁悬浮火车。有一天，我和姐姐又上了垃圾车。下坡的时候，那工友想让我们尽兴，猛地一推，车轱辘转得飞快，悬浮起来，失去了平衡。车子翻了，我的头重重地磕在石头地上，垃圾箱扣在了我头上，当场就昏了。清醒后已经在家里了，姐姐守着我，急得不得了。我头胀欲裂，呕吐不止，后来上医院，诊断为脑震荡。

我曾经很盼望生病，最好缺胳膊缺腿，可以不上学，有人背着，还有鸡蛋吃。在我得脑震荡时，我有了吃鸡蛋羹的待遇，可没等解馋就全吐了。后来我的头又一次摔伤，那是在学校擦玻璃时，从窗台上失手，头磕在书桌角上，血流不止，送到医院缝针，把头发都剪了。还算幸运，我的脑袋最终没残废，可是离天才的距离就更远了。

1958年，一件最兴奋的事是我家买了一台苏联红宝石的黑白电视机，好像是五百多元，用了爸爸一个半月的工资。那也是我家最值钱的东西。大院里好几家都买了。那时中央电视台刚刚建立，只有新闻节目，技术也不过关。一会儿播音员沈力倒过来了，一会儿荧屏像刮风下雨、飘雪花，影像错乱。我们是看着中央台一步步发展起来的。后来除了晚间新闻，又多了京剧、曲艺节目。侯宝林、刘宝瑞、郭启儒、马季的相声伴着我们走过了许多周末和节日。那时只有一个台，到了京剧爸爸看，到了动画片我们看，没有选台的争议。这台很笨重、显像管像英国人在鸦片战争时用的火炮一样长的电视机跟随了我们将近二十年，中间只换过一次显像管。直到"文革"过后，补发了爸爸被扣发了八年的工资，家里才买了第二台电视，淘汰了红宝石。

老宅惊魂

恭王府白日里山清水秀，花香柳绿，百鸟争鸣，让人心旷神怡。可一到了夜晚，山石如鬼怪般突兀怪嶙。参天的古树如妖魔般伸出三头六臂，影影绰绰，在风中摇曳呼号。走在路上只听脚底下的树叶沙沙作响，越想越怕。猛地再蹿出个野兔、野猫或是黄鼠狼，真把魂儿都吓跑了。半夜时分，常常有野猫像婴儿般啼哭，时而凄厉，时而惨号。我不懂那是叫春，保姆骗我说又有人死了。从古到今，恭王府这座老宅不知有多少人死过，大人们总有闹鬼的传说和亲历的故事。

有人说碰上过吊死鬼晴雯，就在那棵树上。有人说一位去世的长者每晚都在院子里散步。住在恭王府最高处邀月台上的我家的保姆常常说起，夜晚鬼怎么在门外哭，后来怎么破门而入，她的儿子又如何被鬼附身，活灵活现，惟妙惟肖。她给我看过被鬼砸裂的水缸，平白无故断成两半的炉盖……我爱听鬼故事，喜欢那种心跳的感觉。可是又怕听，听完就黏着大人，哪儿也不敢去。鬼故事也许就是管小孩儿的一个法宝。

更可恨的是我那顽皮的三哥常常装神弄鬼。用红纸条做一个长长的舌头，用锡纸做成尖尖的手指，在窗外装吊死鬼吓我们姐妹二人。有时还在晚上躲在大树后，猛地蹿出来吓正走过来的我们。

我晚上特怕出门，可父亲常常差我去给他秘书传话。那时的电话实在不够高明。父亲虽有两个电话，一个是"红机子"，即可直通中央的保密电话。另一个是直接对外拨号的普通电话，可是与秘书李叔叔家的电话是一个号码。闸门合上，线接到我家，闸门拉下，线接到李叔叔家。如果电话需要李叔叔接，那还好办，让人再打一次，我们把闸拉下来就是了。可是我家和李叔叔家却不能直接通话，爸爸几乎每晚都有事请李叔叔来，我就得下山传话。到炊事员或司机家就更远了。每次我走夜路，眼睛绝不向四周看，只闷头走，可那些吊死鬼的造型会像走马灯一样在我眼前晃来晃去。不用看恐怖片，在恭王府漆黑的夜幕里我的脆弱的神经会想象出无数恐怖的幻影……

我的父亲是围棋高手，在恭王府里唯一的棋逢对手是群众出版社的社长陆石叔叔。当时中国所有的侦探小说都是群众出版社出的，包括翻译的。溥仪的《我的前半生》也是由群众出版社编辑的。听说辨认溥仪的原稿很费劲。溥仪不会用标点，两字就一个句号，文法也不那么顺。溥仪在宫中学习时还小，后在战乱中并未有系统地学习。编辑要动脑去猜，再与他本人核实、推敲，最终写成书。《我的前半生》出版时相当轰动。

话拉回陆叔叔。他戴着厚厚的上千度的近视眼镜，可镜片的度数还达不到他实际的近视度数。在夜里，他的视力几乎是零。所以爸爸请陆叔叔来下围棋时总是差我去接送他。有一回我出门晚了，在半道上看到一个黑影弓着腰，用手摸着石头上台阶……我吓出了一身汗，不知是人还是鬼。后来确认是陆叔叔。我好抱歉，没在他出门前赶去。他笔下生花写出的那么多惊心动魄的侦探故事，让人们那么着迷。而写书的人恐怕并无擒拿格斗之能。我常常担心如果坏人真来了，他眼睛看不清，如何战斗？说不定还得要我这个胆小鬼保护呢。

喜欢装鬼吓唬我们的三哥偏偏在上高中时编了一个话剧《不怕鬼的故事》。那是一个有反修含义的短剧。他就在戏里演代表帝国主义的鬼。一开幕，一个长长的飘浮不定的鬼影，伴着恐怖的嚎叫出现在舞台上。接着那拖着长舌头，尖尖的手指举着响尾蛇导弹模型的哥哥上场了。学生们一阵阵鼓掌叫好，只有我心知肚明这就是哥哥常常在恭王府轻车熟路的伎俩。姐姐和我观摩了这场演出以后，又到我们各自的学校里"盗版"上演。姐姐演不怕鬼的弟弟，我演了怕鬼的修正主义哥哥。当鬼影一出现，我就吓得扑倒在地上，哆哆嗦嗦，居然是我在恭王府被闹鬼的传说弄得魂飞魄散的真实写照。

恭王府周围的老胡同

恭王府的周围是北京再平常不过的小胡同和四合院。几年前在《世界日报》上读到北京的"胡同游"，原来就是我最熟悉的分布在恭王府、什刹海、后海、银锭桥一带的小胡同。老外大多悠然自得地坐着"时髦"地飘着黄旗的三轮，听穿着红色马甲的三轮导游侃着老北京的故事。几年前重游恭王府时，也重游了附近的小胡同。让我诧异的是在巨变的北京城内有一处不变的，居然是我梦中无数次出现过的土墙围城般的群落的四合院。

当年大翔凤小学的同学大多住在这些四合院里。四合院有大有小，有旧的和很旧的。我去过一位满族同学家的大宅，她祖上是清朝当大官的。虽然四合院破旧，但看得出昔日的富足。正门对着一个大厅，黑糊糊的厅堂供着历代的牌位，供香的方桌旁是两把红木的太师椅。她曾祖父母的大头像悬挂在墙的正中。有一张很多人的合影中有她的上代人和李济深（国民党创始人，新中国开国时当过国家副主席），都穿着长袍马褂，像是民国时代的装束。她家人非常有礼数，热情地招呼着："姑娘，您这儿坐"，"您这儿慢慢儿聊着"，"您走好"。还从来没人把我个小孩儿当回事儿，我心里直觉得好笑。

而大多数的四合院都是好几家合住的大杂院，院子里往往有口井。夏天就用水桶把西瓜和啤酒浸到井水里"冰镇"。全院儿老老小小就在院子里支着小竹椅边吃边聊边扇着大蒲扇。

下了课，我们往往到学习小组的同学家一起做作业。条件好一些的能让我们围坐在大餐桌上写作业，条件差的大概只能跪在炕桌旁了。我家的条件应该说是最好的了，可是我一次也没让同学走进那个有卫兵把守的高墙深院。老师和同学也从没要求我和别人一样轮流请同学到家里做功课。我想他们也是在恭王府对外开放后才见到"庐山真面目"的。这是我始终深深抱歉的。

记得"大跃进"的年代，学校的操场上也立起了一个炼钢炉。老师很卖力地往熊熊的火炉里丢进我们上交的废钢铁。火不能熄灭，老师们得日夜加班，眼睛熬得和炉里的火一样红。而我们就得更卖力地搜寻废钢铁。我家的旧锅、水壶、秤砣……得平均分配给几个兄弟姐妹，以完成学校的任务。到哪儿再找得到废铜烂铁？我每天放学回来在院子里的树丛中瞎转悠，盼着踢到一个带响声的东西。

后来我们小组的一个同学发现了一个工厂的后院堆了很多废钢铁。我们下了课，走了半小时才到那工厂。钻进铁丝网，我们就往筐里装不成形的钢板边角料，哼哧哼哧抬回学校。连干了几天，我们小组都是超指标的。大概有得红眼病的，发现了我们的聚宝盆，也去捞。结果就被工厂的保安抓住了，告到学校。闹了半天那工厂是正牌的轧钢厂，边角料可以重新回炉炼钢。人家是真炼钢，我们把人家的纯钢拿回来丢进土炉，炼出来的都是岩石般的黑疙瘩。我们纯粹是瞎起劲儿，当时全国都在瞎起劲儿。《人民日报》天天报道钢产量，1958年炼出了一千零八十吨钢，不知其中包括多少像我们小学烧出来的那种废疙瘩。后来不知为何，大炼钢铁的运动过去了（就像任何运动一样，再折腾都会过去的），拆土炉，清除满操场的又重又脏的金属垃圾又是一番折腾。

那时还有一项课外功课是逮老鼠，逮老鼠的成绩要凭上交的老鼠尾巴。我曾经靠炊事员叔叔抓住的老鼠上交过一条尾巴，仅此而已。看到别的同学每天有新的成绩，心里可着急了。家里只是偶然能看到老鼠，我又很怕贼溜溜的老鼠，哪能抓得住？有一天我问一个一天就上交三条尾巴的同学：你们家真有那么多老鼠吗？他说，你好傻，把萝卜尾巴剪下来搓搓泥，不就跟老鼠尾巴一个样吗？他的脑子可真好使，不知老师每天收到了多少萝卜根呢。数字一级一级地往上报，于是全中国老鼠成灾，消灭的老鼠也成倍成倍地增长。

每次去北京重访恭王府，我都会沿着周围的胡同，朝那些年老失修的四合院里张望，几年前看到的是满目的鲜花，去年看到的是层层叠起的砖瓦，一派大兴土木重修四合院的景象。有的四合院已经成了张灯结彩"朱门酒肉臭"的饭店、酒吧，有的已是人去屋空，萧条冷落。我一边串着这熟悉又陌生的胡同，一边期盼着奇迹般地碰上个两鬓灰白的老头儿或老太太，冲着我这个老同学惊呼："啊，怎么是你啊？"

恭王府的熏陶

恭王府，既有京城王府的富丽堂皇和非凡的气势，又有着典雅的庭院楼阁和诗一般幽深秀丽的景致。在这个氛围里生活久了，就连那些一生戎马倥偬和听惯了"保密局的枪声"的公安干部们也被熏陶得斯文了。谈历史，读名著，讲诗词，舞文弄墨，在大院内蔚然成风。

我的父亲在养病期间有可能准备着退位，他写过一首诗《我为革命拔小草》，说的是：就是到田里拔草，也是为革命做贡献。曹操的诗句"老骥伏枥，志在千里。烈士暮年，壮心不已"，是爸爸练书法写得最多的。他也爱画梅花，读古文、古诗。为此他结交了不少美术、书法界的朋友。他随朋友逛荣宝斋，只观赏，不买，倒不是他有很强的意志力，实在是他的口袋里没什么零花钱。尽管如此，他越来越喜好考究的砚台、墨和宣纸，开销不小。有一次，在别人的怂恿下，爸爸买了一套古代名画画册，记得要一百多块。秘书跟妈妈报账时，妈妈十分吃惊，有点怪爸爸不知当家的难处。爸爸说当时没好意思先问价，谁也没想到两本书要这么贵，等付钱时才知道的。

母亲非常喜欢养花，特别是兰花、水仙花。我们的院子里种了牡丹、月季、天竺、美人蕉，也有桃树、梨树、苹果树、葡萄……住在恭王府时是我记忆中生活最悠然自得的时期。但后来好像毛泽东批评了干部中的养尊处优、修正主义倾向，爸爸开始在家里反修，说花花草草是养尊处优的表现，不许再养兰花。哥哥们周末回来，爸爸总要给他们上政治课，讲"九评"，气氛一下子变得严肃起来。

我的父亲希望我们学科学，认为中国需要科技方面的人才。可不知道是不是恭王府的文气缭绕，我们都喜欢文艺。我的大哥和二哥先后都当过101中学的话剧团长。大哥曾想考电影学院当导演，还和在电影《鸡毛信》里演过海娃，后来真当了导演的同学蔡元元一起写电影剧本。二哥也有考戏剧学院的念头。但爸爸努力地劝说他们，甚至让他们放弃了被选送到苏联学习的机会。因为爸爸的政治敏感性已料到他们的学业会受到中苏关系的影响。果真，第二年（好像是1961年），中国在东欧的留学生在返回祖国路过莫斯科时，在红场被殴打。和我哥哥那批一起选送留苏的学生还在北京外语学院强化俄语，就接到通知，停止留苏计划，学业被延误了一年。而我的大哥已经上了中国科大，二哥上了哈军工，好在听了父亲的劝告。

而我的三哥和姐姐却未遵父命。他们一个喜欢画画，一个喜欢唱歌，后来分别考上了中央美院附中和中国音乐学院附中。

我的三哥对美术到了痴迷的程度，常常坐在假山上，画到天黑。在院子里，他画山，画水，画楼台亭阁，也画鸡、鸽子和兔子。一到周末他总是背个大画夹出去写生或速写，捕捉菜市场、公园、大马路上栩栩如生的人物活动。大雪天他到北海公园赶画雪景，当白雪覆盖的白塔、挂着冰凌的松柏、溜冰的小孩跃然于纸上时，他的手已经冻僵了。

有一回他看到一个磨菜刀的老头子十分有特色，就盯着人家画，谁知把老头子惹火了，操起菜刀追杀过来，哥哥卷起他的画夹一路逃窜，好不狼狈。还有一回，他为了画一头驴子，驴子走到哪儿，他跟到哪儿。也不知跟了多久，总算画完了，天也快黑了。再一看，已经到了郊外什么地方，家也找不着了……

妈妈看他这么热衷于美术，相信他会有作为，在爸爸面前为他说了很多好话。妈妈还请了朋友，画家阿老，来鉴定哥哥的画是否有搞美术的潜力。阿老很赞赏三哥的画，也给了指导。有一回阿老教哥哥画素描，要我当模特。半小时左右画完了，人人都像。可我总觉得太老成了些，十一岁的我，像是三十一岁。且我并不希望太像我，希望的是画家妙手回春，把我变得漂亮点儿。所以我真不希望那幅画被哥哥挂在墙上。不知过了多久，我再也没有见过那幅画（大概是搬家时丢了），这实际上是我有生以来唯一的一张画像，且出于名家之手。现在想想我也太没远见了，我应该珍藏这幅画像，要是今天再来看三十一岁的我，有那么年轻，感觉该有多好啊。

中央美院附中发榜那天，三哥根本不相信自己能考上。他从榜尾开始找自己的名字，找来找去找不到，已经灰心到极点。后来发现自己的名字赫然列在近榜首处，让他欣喜若狂。他飞奔回家，就跳进放满冷水的浴缸，实现了他的诺言：不考上我就不洗澡！因为他最恨洗澡，有时他为了蒙混过关就到卫生间放了水，把毛巾弄湿再挂起来。发榜前他已经好久不洗澡了，一身汗臭味儿，可谁都劝不了他。这回，他自觉地把全身浸入凉水，彻底地洗了一回澡，结果大病一场。虽然没有像范进中举，得了癫狂症，也是连续几日不退的高热症。

而我的姐姐却是瞒着父母报考中国音乐学院附中的，她的先斩后奏让爸爸非常气愤。当时她已被保送上了北京女一中的高一，但她始终想着学唱歌，她的音乐老师又极力鼓励她去试试。她怕和父母说不通，动摇了自己好不容易下的决心。想着反正没把握，就试试吧。虽然从全国来的考生不乏佼佼者，可姐姐居然以一首《谁不说俺家乡好》一路闯关，顺利地通过了初试，又进入复试。于是，她也越来越担忧如何闯过家长这一关。未等金榜题名，姐姐暑期随女一中到河北部队军训，临行前她留下了一封给爸爸的信。如果音乐学院有录取通知，就要我把这封信交给爸爸。我还乐滋滋地以为这是一个美差。

　　一天，音院附中的校长亲自到我家，送来了录取通知书，也许他也有意要访问一下与他们一墙之隔的邻居。校长来时是爸爸接待的，我真为姐姐高兴。爸爸一送完客，我就笑嘻嘻地把姐姐的信拿出来了。谁知爸爸信还没看完就勃然大怒地给了我两个大巴掌，说："你们居然会搞阴谋诡计了，在我的眼皮底下搞得天衣无缝嘛。你们对我搞资产阶级的欺骗，就不要怪我搞封建主义……"爸爸毫不讲道理地把气撒到我头上，我哭得气都喘不上来，有冤还不敢诉。爸爸请秘书打电话到部队，叫姐姐回来。她是一个星期以后结束了军训才回来的。我还为姐姐捏着一把汗呢，谁知爸爸那时气早消了，大概也早做了放行的准备。根本没怎么批评姐姐，姐姐开开心心地卷着铺盖到位于恭王府府邸的音院附中去住校了。我为她过爸爸这一关牺牲了自己，既没人向我道歉，也没人感激我的奉献。若干年过去了，和姐姐说起顶替她挨打的事，她说："真的？你还挨打了？我怎么不记得了？"看来往事不过如烟哪。

　　我的家在1965年8月搬出了恭王府，随父亲到了上海。我当时很不情愿离开北京，离开恭王府。四十年过去了，恭王府给我留下的回忆直到今天都是永恒的甜美。

不久前，我找到了我在大院里时最好的朋友在加拿大的电话。我和她说起过去一些捣蛋和好玩儿的事……

"文革"以后，占据恭王府的几个单位都陆续搬出。从此，恭王府结束了与历代王朝的恩恩怨怨，结束了她的政治使命，而成了北京城一座记载历史辉煌和风采的王府博物馆。

恭王府清朝三代主人和珅、庆亲王和恭亲王的历史，世世代代留在了恭王府的史册。而恭王府在近代一百年的变迁也许永远无人提及，成了历史的空白。作为恭王府的最后一代居民，我趁闲写下了我少年时期的恭王府生活的片段，也算填补这历史的小小的缺口吧。

原载《当代》2007年第3期

过 年

刘汉俊

————

山里的孩子是盼着过年长大的。

一过冬月，暖和和的太阳就烘得屋檐下的土墙热乎乎的。裹了脚的老婆婆倚了竹藤椅晒着日头，或眯了眼给孙儿挖耳屎，或歪着头给哪家不爱干净的女孩儿捏黄头发里的虱子，还悠悠闲闲地讲些古话。老汉儿不时起身回屋，把火炉吊筒上嘟嘟冒气的铜壶往上提一下，再把灶上烟熏的腊鱼腊鸡腊兔肉提出来，晒在屋场的竹杈上，瞟着光亮的膘油，一脸的富足。

远处哪家山包的鼓响了。咚，咚咚，三两声，歇了。半根烟工夫，鼓声又起。近处有人应了。半根烟工夫，莲花塘刘家、月亮湾任家、老屋任家、高井畈刘家、架桥郑家、鸭棚梁家、坡里童家、望山邹家的鼓陆陆续续响起来，遥遥对对，零零密密。畈里人家再穷，砸锅卖铁，不吃不喝也得蒙一面像样儿的单面牛皮鼓。大屋坡小山冲，家户人再少，也少不了鼓和土铣。"走哇，赛鼓去了，今年劲要硕啊——"青壮汉子吆喝着，眼睛瞪着像牛卵子。孩子们前呼后拥，像鸦雀儿泼了蛋。家家户户的鼓排在古柏树下金黄的禾草上，支张老方桌，摆了些酒菜。红衣绿袄的大姑娘小媳妇们偎了自家菜园门，掩了嘴儿哧哧地乐。爹爹们蹲得远远的，捻着须，眯起眼，点点头，撸撸下巴。不时念叨谁家又出了匹好鼓。那鼓声，一下，两对，三棒，有节有奏，时轻时重，亦稀亦密，一呼一应，有挑有逗，绵里藏针，你追我赶，远里近里，鼓外有音，把个十里八乡炸得像豆子进了热油锅。

落不到打鼓的细伢们，早早放起了鞭炮，一个个拖着尾烟的冲天炮凌空炸裂。偶尔有小串鞭炸响，准是哪家小子实在憋不住，偷放了大人晒在瓦顶上的年鞭。谁家小儿不小心，鞭炸在棉袄里，过年的新衣即刻烧了一圈圈镶黄边的黑窟窿，招来当妈的一顿笤帚追打。

鄂南幕阜山区赤壁的年，在鼓声与鞭声里掀开了帘子。

落　雪

过年不能没有雪，尤其是山里。

雪通常在冬月尾开始飘洒。老人们拄着拐杖，伫立在烟黑色的禾场上，望望天，半晌叹道："该落雪了！""是，该落雪了。""噢，呵吼，要落雪了！"孩子们一片欢呼。这雪，就着炊烟，在某个青紫色的夜霭里降临了。

咦，哪这亮？赖在暖被窝里的孩子揉开糊着眼屎的眼，问。"落雪了。"早起的大人不经意地应。"落了，真的？"掖着棉被往格子外看，一阵狂喜，猴急猴急地套上棉裤厚袜，嘭嘭嘭地敲打下堂屋的门："哎，落雪了！哄你是崽！"三个两个，七个八个，孩子串起来，踏薄雪去了。胆子大一点的，用狗毛领捂了脖子，到风大的屋场踩雪。临了捏上几个大雪团，等着灌女孩儿家的脖颈子。

冷了。大人家翻箱倒柜找铁罐头盒或洋铁筒儿，用锥子穿双对眼，拿铁丝系了。去年冬天捂得的木炭捡出来，在火炉里燃一燃，放进铁筒儿，一个热得炙手的熏火筒儿就成了。上学、串门儿、撒野儿，都提在手上。

大一些的孩子用树杈儿削成枪托，凿一凹槽，比着尺寸锯一段巴掌长的钢管作枪筒，后座敲进一管穿眼的弹壳儿，用洋铁皮扎稳当，再削支一寸见长的撞针，用铁皮蒙紧，嵌进扳机，绷上强力皮筋，一支左轮手枪就成了。茅屋猪圈的墙上，浮有厚霜般的硝，刮了来与炭末等其他药引混着炒，便成了火药。一旦炒烧了，喷起的赤焰能把人眉发燎了。药灌进枪膛，用铁钎筑紧。装上铁铳子，便有了杀伤力。一角钱八粒的纸火炮贴在撞针前端，一扣扳机，嗵的一声药弹就出了膛。有枪的孩子胆儿壮，撵着背土铳的大人屁股，上大雪封住的山冲捉兔子，少不了要喝上前奔后窜乖巧威猛的看家狗。茅山张家的一个孩子枪走了火，把个正端枪猫腰聚精会神地瞄准的大人屁股打成麻饼，十几粒散子如今还没挑出来。

等到大雪封了山路，除了堆雪人儿、打雪仗、溜雪坡，孩子们已没得好玩的了。太阳一出，各家天井、屋檐下挂起如瀑如线的冰凌，长长短短，粗粗细细，密密疏疏。祖堂屋后背阴处，有惊人的粗长冰柱，招来老老少少的围观。握在掌上，怕化了，捧在怀里，怕摔了。

年　猪

傍晚时分，猪的叫声响破山冲——杀年猪了。

庄家农户，一年到头穷扒苦做，总得养头猪，肥的三四百斤，瘦的也得百十来斤，一是要答对年边岁日近亲远客姑姥伯爷，二是需熏一些供来年夏收亲戚朋友来帮忙时待客用。一家杀猪，全村过节。上房下屋左邻右舍壮劳力帮工们来齐了，主人把烟一撒，帮工们便接过来嗅嗅，并不急着抽，别在耳上，挽起了衫袖。揪耳朵的揪耳朵，捏尾巴的捏尾巴，顶肚子的顶肚子，七手八脚地把猪从栏里抬出来，摁在木板上。接血的木盆里化好了盐水，半人高的桶壶里蒸汽团团，直刀弯刀厚刀薄刀砍刀剔骨刀锃锃发亮严阵以待。待众人忙脚忙手地准备就绪，老成历练的专业屠夫就旁若无人地上场了，摆开一副舍我其谁的架势。堂屋上下早已是里三层外三层人叠人脚踩脚，都在等待庄严仪式的开始。只听得猪的一声厉叫，屠夫一刀到底，热血顿地涌进盐水盆里。待猪不再喘息蹬腾，抬进桶壶热烫。片刻后出桶，用直杆从脚到头捅到底，着人吹气，鼓胀后几个人便忙着刨毛，吭哧吭哧地直刮得雪白。剖膛取物，过秤。伴着一声迭一声的"恭喜发财"，猪首被取下，鼻处划两道痕，切下猪尾巴插上，熏在灶角里，这叫元宝。大人们忙着剖肉剔骨，孩子们早饿了。灶房里，几家的媳妇们帮着把零碎肉洗刷切剁煨炖炒蒸，香喷喷的葱肉味儿钻进家家户户，在山冲弥漫开来。收了手的男人们点了还别在耳夹上的烟，女主人便挨门挨户地忙着喊着清点没来的人。男人几桌，女人几桌，孩子几桌，热闹到半夜。临了，一家用棕叶穿一薄刀肉回家。

家家如此，年年这般。

年　饭

雪越落越深。天越来越冷。家家户户的塌炉、熏箱昼夜不熄了。谁家塌炉篾栏上烤的尿布糊了，谁家灶炉角里瓦罐鸡汤沸了，谁家的腊味、鱼糕蒸得香死人了，谁家炒了米泡儿、苕角儿、糖糕儿、豌豆儿，还有酥糖、雪枣、金果儿，惹人流口水了……

年，真的要来了。

扫扫一年没顾上的扬尘，把新连的罩衣、蒙袄给孩子们试试，进城的人捎回点红绿气球、灯笼、对联，年的颜色也有了。

年节之前给亡故的亲人送灯，必不可少。坟就在后山坡，林林密密的青冢、碑井有些阴森、凄凉。一辈子没出过山冲的老人们，魂也守望山垄。油灯有用马灯的，也有纸糊的、烛照的，放在避风处，不管夜风多大雪多密，坟地的灯光一夜不熄，远看若星河迢遥，天街有灯，隐隐约约。除了送灯，有的人家还备些祭食当年饭，再放一挂鞭，算是天上人间两厢牵扯了。

山里的年通常要过个把月，过年的标志是吃年饭。莲花塘刘家的年饭一般是腊月三十正午吃。流水港丁家的年甚至更早一天，腊月二十九的晚上，丁姓人家就开始吃年饭，意思是先吃先有，因此落得个"好吃丁家"的名声。

正午稍过，山坳里吃年饭的鞭炮声响起，密密麻麻、断断续续、催催停停、稀稀落落。约摸半个时辰前后，各家鞭声彼此响应，硝烟未清就关门吃年饭了。

腊肉腊鱼野兔山鸡鱼糕蛋卷藕夹榨鱼苔粉，糯米丸子梭衣丸子米泡丸子肉丸子鱼丸子，煨骨头海带汤湖藕汤炖鸡汤余元汤余肉汤银耳汤米粉汤，炒红菜薹白菜薹冬笋香菇包菜红白萝卜青蒜……百色百样。年头吃鱼头，年尾吃鱼尾，木桶蒸饭不得吃完，这叫年年有余，岁岁有剩。叫花子也有三日年，再穷的人家也得像个样，一年的好场合都留在这一顿上。敬老人嘱后人酒来酒去烟去烟来大人劝小儿闹狗啃骨头到处钻，热闹非凡。直喝得天昏地暗，东倒西歪，伢儿认不得娘，老头媳妇找不着茅房。年饭收拾停当，稍事歇息，女人们便忙着命男人小孩褪下旧年脏衣，全家老小洗个热水澡，一年的辛苦和风尘一夜洗尽，留个清清爽爽轻轻快快好过年。

"三十夜的火月半夜的灯"，家家户户三十夜的炉火都烧得噼啪通红，焰高一尺。膛中有火，心里有主，一家人偎着火守着直冒香气的煨蹄膀湖藕汤。大人嘱孩子穿新棉衣的小心火烛，穿新棉鞋的莫踏湿、蓄着点。老人们吧嗒着抽烟，咕噜着茶壶嘴，检点一年的亏盈，盘算来年生计，不时嘱两句儿孙辈做人作文做事之类的要经。剽悍的狗蜷在灶角，偶有火星溅着，汪的一声跑远了。时间钝滞，像火上的汤，就这么熬着。

屋外的雪，戚戚地落。各户的灯火映了，雪光有些带紫。趴在窗棂看远处，厚厚的雪被捂不住星星点点的夜火。

拜　年

大年初一清早的鞭炮最烈。这村那家此起彼伏没得间隙，鞭中夹炮，炮后有鞭，一阵紧似一阵，一村密过一村，像滚雷拂过村村畈畈、旮旮旯旯。各家各户起床的第一桩事，是赶紧把鞭炮屑用笤帚拢了和垃圾归在里屋门角，不能泼出去，要留住"财岁"。

早点过后就开始拜跑年。初一初二拜本家，初三初四拜娘家。同姓本家从祖堂屋拜起，上房下房，穷家富家，叔老伯爷家家叩遍。推门而入，双手一拱"恭贺恭贺"，逢年长者需问几声健旺，儿孙辈得趴在地上一磕到底。本家一般不备礼，也不送压岁钱。陈年的情分，积久的恩怨，消融在这两手一拱之间了。有在外头挣工资的回乡拜年来了，自然要阔气一些，主人家也想多留两脚，问问在哪里发财，恭贺恭贺，羡慕羡慕，一团和气。本村和邻村的拜跑年，有时需一天方能拜完，相好的聚在一起，喝两口，有些过节的难免有些尴尬，但年上图个吉庆，不说隔墙话。

有一个村是父亲需年年领我们去拜年的，叫大塘坝任家，与莲花塘刘家隔一条垄一道梁。村落三面依山、一面冲鱼塘。祖母是这个村的女儿。祖母的母亲即我的老家婆奶奶，是一位枯老如柴兜的小脚老太太。她过世的前几天，我们曾孙辈都去了，等着老人落气。孩子们打打闹闹见缝插针地挤着睡在各家，大舅爹、细舅爹率儿孙轮流陪守躺在外屋的又老又聋气息奄奄的老家婆奶奶。准备接客的肉鱼和报丧的鞭炮都料理好了，九十多岁的人殁了，算喜丧。第三天半夜，忽听细舅爹说："老了。""老了?"亲戚围过来,试试鼻息,说真的老了。呜呜嘤嘤的哭声遂从各个屋角响起,歪脖子大舅爹和断文识字的细舅爹领头唱哭,肝肠寸断,一声一个"娘——呃",历颂老人的功德。三天后老人下葬,舅爹们是孝子,披麻戴孝领头向众长辈磕头行礼。咿咿呀呀的唢呐声,噼里啪啦的鞭炮声和呜呜哇哇的一片唱哭中,辛劳了近一个世纪的老家婆奶奶就向另一个寂冥世界启程了。棺材不重,但需八个青壮抬,这叫"八抬"。八抬们喝过酒,每人收下一条烟,步履沉重地向不远的野山坡墓地拥去,那里有一口新挖的坟井在等候老人的回归。一路上,八抬们要歇住脚,一齐屏息,然后打一个长长的"呦喝——","呦——喝",声音在山间回荡,有些苍凉骇人。棺被小心翼翼地放到井底,八抬们再喝一口酒。祭桌上摆了些肉鱼菜蔬,一壶酒,一双筷。祭桌后立了半山坡头缠背披白土布,手执哭丧棍的儿辈、孙辈、曾孙辈们。

老家婆奶奶家留给我的亲情,年年牵着我,来拜年时当然还想看看与我年纪相仿的表叔们,还有总也玩不完的熏火筒儿、火炮枪儿、弹弓或小人儿书什么的。

大塘坝任家并不都姓任,屋角连屋角的角落处,有一郑姓人家。郑家有一女儿秋儿,做事麻利泼辣,为人心直口快。秋儿家的门口是鱼塘,年年少不了有放水捞鱼的热闹日子。热闹归热闹,争地盘免不了磕磕绊绊打打骂骂。某一天,秋儿赤着泥足,提着虾篓同一小伙子打了起来,打得小伙子一败涂地,落荒而逃。这小伙子就是我的三叔,几年后秋儿成了我的三婶。一想到三婶,我的鼻子总有些发酸,眼圈立马就湿润了。三婶命苦,总共生有七个儿女,原有一女儿叫燕儿,活泼可爱。忽有一天就病了,一查是白血病。燕儿葬在屋后,在后来爷爷奶奶的坟下方。还有一个男孩叫赛鼓,约两岁时掉井里了,捞起时肚子胀得像一面鼓。很长很长时间,我都听得见三婶凄厉的号哭,常揪得人肝肠寸断像吃了后屋坡脚的断肠草。三婶家里家外风风火火,百十斤重的草头挑起来不比男人们跑得慢。三婶嘴巴也特别利索，骂起人吵起嘴来从不示弱，我依稀记得她还敢跟我性格刚烈倔强的爷爷打架。但三婶有一副天生的热心肠。尽管妯娌之间难免有针头线脑的绊结，三婶对子侄们总是那么仁慈迁就。我读万古堂小学时，一直以为三婶家就是我的另一个家，大屋里一张稻草垫的黑床总是我和大堂弟睡。有时贪玩尿裤子了，三婶二话不说拽过我双腿一夹，褪下里裤外裤，在屁股上噼啦两下"叫你长记性！"就换上干净衣裤了。每次去三婶家，三婶总要爬木梯上阁楼去掏藏在坛里的自家炒货，用炒米撮盛了，命我牵起衣角，呼啦一下倒一兜。念高中时，我听说三婶为菜园的事被人家打了，我思忖着待我再长大一点和堂弟们一同回家找人算账。后来有一天，父亲忽然说，三婶没了，是在城里卖菜时突发脑溢血倒在地上，再也没起来。这事让我失神了许久。三婶的早殁，是我们一家的大事，父亲母亲和七八个兄弟姐妹一商量，把几个堂弟都带到我们家读书。我父母在大学当老师，经济并不宽裕，本来我家就有两男一女，加上堂弟们，光饭量都让邻居家瞠目结舌。我们几个孩子都铭记着父母节衣缩食含辛茹苦抚育我们成才的恩情，也算是个个争气，全都考上了大学。老家的人说，托我爸妈的福，改变了几个孩子的命运。最小的堂弟伟儿从上海同济大学毕业，考上美国哈佛大学，临出国前突然提出一件让全家难办却又伤心得不能不办的事，他想带一张他妈妈的照片出国——当年三婶去世躺在屋场的地上，伟儿只有一两岁，穿着开裆裤蹲在三婶身边玩泥巴。如今出息了，无限怀念自己的生母，渴望知道自己的妈妈长什么样儿。这永远的遗憾和悲痛令伟儿无以排解。可是在那个贫瘠的山村，哪里有三婶的照片呢？好在我的父母、二叔二婶都想起三兄弟妯娌在县城照相馆照过一次合影。于是所有人翻箱倒柜寻找二十多年前的一张老照片，一如大海捞针。我当时联系好了公安人员，准备根据我们全家人的回忆，画一幅三婶的像，圆伟儿的心愿。后来终于在一本旧书夹中找着了，伟儿怀捧经过翻拍放大的生母的照片远涉重洋了。三婶是我永远的三婶，我至今仍然清晰地记起她的模样。郑家是三婶的娘家，也是我的至亲，每次我去拜年，郑家人都巴心巴肝地疼我。为续上这段姻亲，我大姑把她的女儿六珍嫁给了三婶娘家的亲侄儿幼民。

不管是风雪连天，还是冰释雪融，山山相连、村村相通的山道上总是穿行着花花绿绿打打闹闹拜年的人。年年如此，家家这般。父亲因读了大学又教大学，是有身份地位的人，在老家远近闻名。每到一处拜年，父亲喊舅、叔、娘的都数不过来，老人们慈爱地唤着他的小名，揭他我们从没听过的老底儿，这时父亲总是很兴奋、恭顺得像个孩子，被数落得不好意思了只好冲我们呵呵一笑。家家都以父亲的来访为荣，三家来约，四家来扯，家家都得吃席。

隔壁左右的兄弟伴儿来了，得炖着热漉漉的炭火锅随意喝几盅。但至亲至戚、同庚旧友、结拜兄弟、生死之交来了，真正的拜年饭就很讲究。通常是酒席的主桌摆在上堂屋，桌缝与堂屋横梁平行，长者和主客背墙面门坐上席，一览重重下堂屋；次位是下席，与上席对面：两侧是边席，多是晚辈等陪客，专侍筛酒的须是辈分最小的男丁，坐边席靠近上席的位置。两侧偏桌一边是半大的小伙子，一边是有点见识和体面的女人加上哭闹的孩子。媳妇和大姑娘们一般不上桌，须客人全吃完后再端着饭碗挑些喜欢的冬笋、粉条之类的剩菜。主菜惯例是八大碗，用碗倒扣的肯定是腊肉了，但一般是肥多瘦少，有的壮劳力一气能吃七八块一咬一口油的大块肥腊肉。酒有打来的散酒，也有家酿的，灌进壶，淤在炉灰里温一温。话题有时热闹得不可开交，有时又东扯西拉同不了题，就这么默默地干坐，却也那么自然、舒坦、妥帖。边吃边喝边聊，主人忙不迭地夹菜，主人家媳妇不时上来站在上席旁边用油乎乎的围兜拭手，边邀着："您家吃，随便夹点什么，没得好菜，得罪您家了。"在上堂屋吃喝上家的酒席，下一家的主人早手持酒壶一边候着。上家吃罢，酒、菜全撤，碟、盅、筷不动，人也基本不动，只是筛酒人换成下家晚辈。热气腾腾的酒菜从下一家灶屋里端出来，绕过天井、侧廊和堂屋就上了桌，品种花色差不多：酒味也差不多。吃第二席时，第三家也早立在边上了。七家八家十家，从晌午吃到天擦黑，按辈分长幼来排队，少一家都不行，否则就是嫌贫爱富瞧不起人。到最后，只能一家只动几筷子，抿一口酒算是表示了。这昏天黑地的一天，是亲情最浓郁香醇的日子，整个山冲，弥漫着安宁、静谧、祥和的氛围。

去舅舅家拜年，是我们兄妹三人最高兴的事。每年初三一大早，我们就起床换新，翻过山包，走过田埂，进城，出城，再翻山，再从塘堰上走过，几十里路不觉远。常常是舅娘早就在池塘洗菜等着了，隔着林子大声叫着我们的乳名，我们就雀儿一般飞过去。母亲出生于旧大户人家，祖上是省上闻名的富绅，一脉几支、一门几房下来，子孙们出息者众，共产党的军官和国民党的军官都有，后来家道中落，分崩离析。母亲本有兄弟不少，但在战乱中陆续夭亡，只剩得一头一尾，即我的母亲和我的舅舅。由于外祖父系国民党的旧军人，长期在外地农场劳动改造，在家乡舅舅只有我母亲这唯一的亲人，姐弟感情当然格外亲。当时虽文化程度不高却读过不少书的舅舅被下放到县城的远郊乡。不上学的日子，我们兄妹三人站在柏树岭上，遥数田畈的人影，知道舅舅该来了。我至今记得有一年春节临近，落雪下冰凌，舅舅挑着箩筐，一头是我，一头是肉、鸡、糯米，送我进城里挤火车去武汉看爸爸。风大雪大，泥路滑溜，舅舅跌跌撞撞地挑着我，连草鞋都跑丢，竟赤脚了。舅舅家境一直不好，但对外甥很亲。给舅舅拜年，一般是提两瓶酒两盒糕点什么的。每年拜年，我最馋舅舅亲手剁的鱼糕，鱼味儿足，粉不重，颜色纯白而且筋道，令我回味无穷。

龙灯鼓阵

正月初三，大姓屋场的龙灯就舞起来。最先是一个姓舞一条或几条龙，后发展到同村组、同一个生产队舞。男男女女青壮劳力全出动，人少的舞两条，多的舞四条，公龙母龙成双配对。牵珠的须是身手矫健的壮小伙，与其说"二龙戏珠"，莫如说"珠戏二龙"，带响铃的彩珠上下挥舞，撩得偌大的龙身上下翻飞左腾右扑。龙后面往往跟有采莲船儿，俊俏媳妇涂脂抹粉地立在采莲船中央，扮相滑稽轻佻的艄公执篙在前面逗引，男扮女装佯作愠怒的艄婆操起破扇子在后面追赶。在谁家堂前停下，立即围成里外三层。艄公唱："采莲船呀么——"，众人齐唱"哟呵"，"拜新年呀么——"，众声紧接"划——着!"……各家各户赶紧放鞭来接，再往采莲船头搭上些烟、糕点、布头之类回敬。阵容大一点还有狮子和花鼓戏来伴，两个年轻人钻进狮身，大摇大摆、爬桌椅、钻长凳，博得一阵阵掌声喝彩，也有调皮的狮子专追赶大红大绿的大姑娘，吓得她们呀呀怪叫，小儿们直喊"妈妈"。

真正壮观的场面，是鼓阵。黑夜的山道田埂上，一队队的各色花灯在前引路，向某处村庄进发。鼓阵紧随，几十面、上百面牛皮鼓一齐发作，几十里外就能听到，人们凭鼓声判断有龙队去哪个方向了。出发后，鼓点节奏完全一致，齐响齐停，这叫排鼓。排鼓雄宏壮观，整齐划一，富有震撼力、凝聚力。鼓的一头，用土铳、梭镖支着。两个家族之间的龙是不能碰头堵路的，否则将发生火并，双方都要设法将对方的龙皮划破、龙须割断。浩浩荡荡上百人的队伍临到某个村落路口，排鼓顷刻间变成乱鼓，算是报信。花灯队先进村，到得主堂屋下齐刷刷站定，待主人出来，鼓阵在村外立住，乱鼓不停，长龙、彩狮、采莲船依次徘徊游弋。村里接客的鞭炮一响，鼓阵就开始前行了。蓄了一冬的汉子们，把力气都用在了鼓点上，威风凛凛地从村里穿过，在村的另一头候着龙队。少了花灯龙队的鼓阵出不了彩，缺了鼓阵的花灯龙队没有了威风，你来我往的龙灯鼓阵要闹到正月十五花灯节才能歇手。

多少年了，过年的感觉依然停留在儿时的记忆中。城里的年过得虚浮、喧闹、忙碌，少了些实在、浓稔、醇香，那不能算过年。乡亲们年年捎信让我回家，我也一直向往，何日再回一别多年的故乡，过一个真正的年？

原载《北京文学》2008年第6期

生日与哈达

丹　增

————————

世界各民族的人们，都有各自过生日的习俗，这也构成了不同的文化差异和色彩斑斓的民风民俗。我们会在这些特色中，看到民族风情、民族特性，乃至时代特征。

我们藏族人过生日和其他民族有所不同，而且不同时代有不同时代的痕迹。解放前，由于制度落后、生活贫穷，一般人是不知道自己生日的。人们大体知道自己出生时的气候季节，是下雪天，抑或是涨水季节，是绿草如茵的夏季，还是天凉草黄的秋季；若要论及具体时间地点，则可能被告知：哦呀，你是收青稞时生的；噢，你妈上山割草时，就生下你了。从佛教的文化观说，生命不过是一次一次的轮回，来来去去，就像日起日落。不是藏族人不看重一个生命的诞生，他们是看重生命的延续、生命的转换和生命自身的价值。

在西藏，佛门弟子是社会中较为特殊的一个群体。他们居于寺院之中，终生不娶，整日学经，生活俭朴，起居有序，把一生交给佛教，终日诵经祈祷。祈愿佛祖保佑、普度众生。他们中具备了一定生活条件和相当学位的，通常会在一生中过几个重要的生日，比如五岁、十八岁、六十岁和八十岁。解放前藏区生活条件差，文明程度低，从婴儿呱呱坠地到五岁以前，一般认为这时的生命就像花儿还没有开放一样，是否可以存活，听天由命。只有到了五岁时，满地活蹦乱跳的孩子才会让大人看到这个生命的活力，看到一个人的佛缘和慧根，也能看出他未来的命运与期盼。到这时，就应该过人生的第一个生日了。十八岁是一个僧人学业有成、学位升迁、自立自为的标志，僧侣可授比丘戒，历世达赖喇嘛则在这个年龄时正式执掌政教合一的大权。而六十岁在藏族人看来，已是生命的终结阶段，人一生该享的福和该受的苦，皆已完成，人生已无怨无求，到了安享晚年、潜心礼佛的时光了。因此，六十岁的生日是要过得隆重且吉祥。至于八十岁生日，在当时的社会条件下，能活到这个岁数的人是很少的，称之为"白寿"，寿星要穿一套专门缝制的崭新的白色氆氇寿衣，庄重地接受人们的祝贺。寺庙终身修行的高僧活到这个岁数，其威望不亚于活佛，人们称这些老寿星为"加群果嘎"，即八十岁的白发老人之意。而俗人中能做"白寿"的，若是家奴可自动成为自由民，若是囚犯则无条件释放。这可能是在一个普遍短寿时代对生命的珍惜和对长寿的仰慕吧。

这就是从前我家乡过生日的习俗，它与佛教信仰有关，与文化传承相连。尽管并不是每年都过生日，但记住了人生中的几个重要阶段，一生的时光就历历在目了。

1946年12月26日，我出生在藏北草原的比如县。现在年纪稍大一些的人都不会忘记，12月26日是毛主席的生日。我能荣幸地与他老人家同月同日生，只能算是一个巧合。这一巧合给我的生日带来一些麻烦和烦恼，同样也带来了一些荣耀与幸福。

我的第一个生日是在1951年过的，虽然尚是黄口小儿，髫发蒙童，但因为这个生日被家人寄予了强烈的宗教意义，所以它给我留下的是苦涩中的一丝甘甜，痛苦中的一些慰藉。

那时，新中国成立已经两年多了，西藏也已和平解放。中国人民解放军开进了拉萨，进驻到西藏各地，我们县也成立了解放委员会。但全西藏还没有实行民主改革，我的家乡山河依旧，头人还是头人，寺庙还是寺庙。我出生在一个很复杂的家庭里，家父曾做过官，后来弃官修佛。我没有考证过父亲弃官的原因，我估计大抵是因为官场争斗伤了元气，看破红尘转而求神拜佛。其实，确切地说，我家是书香世家，祖辈中曾出了三个画家和三个雕塑家。他们画的五彩缤纷的佛教唐卡画，塑的栩栩如生的佛像雕塑，至今在一些古寺中仍然能找到先辈的遗迹，西藏著名的桑耶寺中供奉的千手千眼观音，就是我父亲塑的。

我虽然自小受父母溺爱，但由于家父潜心礼佛，对我寄希望于传承佛祖的衣钵。我三岁时就被削发剃度，送入佛门。因此，我五岁的生日在那时就显得不同凡响。因为这不仅仅是一个普通孩子生命的开始，而是一个佛门弟子从这一天起，就该正式继承前世修来的佛缘，奠定寻求人生旅途的起点。这起点必须立得庄严、神圣，刻上一个终身难忘的深刻记忆。从此，我要背负起祖辈的期望，开始学佛念经、参禅打坐、遵循戒规。在藏族人看来，入佛门，是为着履行佛的旨意、修炼佛的意志、实践佛的理论，既被视为前世修来的功德，也被看作祖上无上的荣耀。因此，与其说这是在为一个孩子过生日，还不如说是一次宗教的仪式、民俗的表演、文化的传承。这种千百年来形成的习俗，是要借助一个生日，把一个单纯的儿童转变成一个虔诚的佛童。让他与虚幻的神灵越来越近，与人间的亲情则越来越远。

这对一个童心未泯的五岁孩子来说，未免太难了。

但我生于这个家庭，属于这个民族，就像生长在这片土地上的一棵小苗，什么样的气候、什么样的土壤、什么样的环境，决定了我成长的历程。尽管我那时根本不知道，我的命运从此会与其他孩子有什么不同。

　　我的第一个生日是在怒江边上的一座千年古庙里度过的。这座庙宇叫"麦巴朱普"，意即"火焰修行洞"，是我们家的家庙，也是离我家不远的两座寺庙贡萨寺和羌日寺的护法殿。这座修行庙宇有一个美丽的传说，据称当年莲花生大师在此地打坐念咒七天七夜，莲花生大师用法杖一戳，地上就涌出了一眼山泉。这山泉因之而具备了神性，老人们能够通过泉水颜色的变化而卜凶吉、算农桑、看气象，人们甚至传说在我出生时，这泉水变成了奶白色。藏族是个相信神迹的民族，是个与大自然相依相亲，并敬畏自然的民族。世俗万物，皆具神性，自然界中的一些奇异变化，常常被当作神的恩赐。祖辈依泉建庙，整个建筑沿着山坡上的岩石高低错落而建，远远看去像在燃烧的火焰。"麦巴"在藏语里就是火焰的意思。寺庙包括经堂、僧舍、修行洞等，经堂里供奉的是一座高大的莲花生法师的塑像，还有一尊鹿头人身的护法神像。关于这尊护法神，也有一个动人的传说。很久以前，一个游方僧人在森林里迷了路，一头漂亮的鹿出现在僧人前方，并为他带路，引导他走出了森林。僧人在一个山洞里闭关修行了三年三个月零三天，已修得正果，出来后发现那鹿仍在外面等待。这个传说寓意鹿为藏族人的学佛引路人，因此，家乡的人们视鹿为吉祥的动物，并加以崇拜。

　　这里海拔四千二百多米高。庙的四周是遮天蔽日的原始密林，高大挺拔的松柏，四季不凋地装点着苍茫山岭。林中的野羊、马鹿在房前屋后追逐嬉戏。各类不同色彩、大小不等的鸟类在林中飞舞。布谷鸟、杜鹃鸟的叫声，似悠扬的歌声悦耳动听。从古庙中传来的击鼓、摇铃、吹号、敲钹的佛乐声划破林间的宁静传向天际。庙前的草坝宽阔平坦，夏天远看绿草成茵一片青绿，近观白色的格桑花、紫色的杜鹃花、黄色的醉羊花竞相怒放，芳香扑鼻，像大地上的彩色星星。一条蜿蜒的小河从坝中由东向西轻轻流淌，河水清澈见底，河底圆润美丽的鹅卵石舒展地躺着，像山上的动物们遗失在大地上永不孵化的蛋。

这是一个寒冷的冬天，草坝枯黄，各种野花已经凋谢。小河结上了坚硬的厚冰，像一条白色的腰带把草坝捆紧。那天，我的生日在一股浓郁的煨松柏干粉的香烟中开始了，它在凌晨五点时起就弥漫在我的卧室，随即，我就被我的老师占堆活佛的诵经声吵醒。他是我父亲请来的老师，年纪五十岁开外，秃顶、矮胖。他学识渊博，道行高深，但总是严肃刻板，让我望而生畏。他那天早晨念的据说是《宝瓶甘露经》，是一部祈诵吉祥的经文。睡眼蒙眬中，我才想起今天是个吉祥神圣的日子，是我的生日。但瞌睡使我无法睁开眼睛，我多想再睡一会儿啊！

我的侍读喇嘛阿旺丹增此刻穿着整洁的袈裟，蹲坐在地板上噘着嘴、鼓着腮帮子，正不停地吹着香炉中的炭火，让烟一阵阵生起，弥漫整个屋子。尽管煨松柏的青烟很清香，但熏得我的嗓子极不舒服，感到呛、感到烦躁，以至于眼泪都被熏出来了。家里的大人小孩在房间里进进出出，把我今天要穿的衣服拿到香炉上熏了再熏。新衣是父亲专门请裁缝为我量身定做的僧服便装。里子是羊羔皮，外衬是黄缎子；还有僧侣穿的翘鼻僧靴，整个是软牛皮做的，靴头呈弯钩状，看上去很漂亮。

我父亲短暂的官场生活中，曾有一些随从管家。父亲卸任后，随员不仅失散，而且失业。整日鞍前马后跑腿的人，总是习惯看着主子脸色办事，一旦离开了主子，也就无事可做了。父亲有慈悲心，以友情为重，将一个无家可归的随从带到家里，派个跑龙套的活儿给他干。他的习惯动作是整天弯着腰，垂着手，走路很快，双臂摇摆。只要有人在他面前，他总是仰起头，满脸堆笑，细小的眼睛盯着你。听到别人说话，管它对否，他都像捣蒜般频频点头。母亲并不喜欢他，但一个家庭总需要这样的帮手。这天父亲派他帮我穿衣服。尽管量过身，但那套僧装对我来说还是又肥又大。靴子像个彩色的牛皮船，脚伸进去一走路，靴子都在旋转。我像一个包裹在华丽僧袍里的玩偶，被人们摆布来摆布去，我用目光寻找着我的母亲。我想蜷缩在她温暖的怀里，甜甜地吸吮着母亲的乳汁。但围着我团团转的人群中哪里有母亲的身影？我想，她一定是在厨房忙碌着吧。

太阳刚刚放出第一道金光，透过藏纸糊着的百叶窗，洒进了我的卧室里。父亲进来了，穿着自己那件半新半旧的官服。尽管从衣服上看不出任何官阶，但只要一有喜事，父亲总要把这件官服穿上，再套一件马褂。父亲那时刚满五十岁，宽阔的前额中间长着一颗黑痣，浓眉下的眼睛圆润闪亮，高耸的鼻梁上架着一副黑框眼镜。下巴上有几绺白须，飘拂在胸前。他进来时满面春风，白须因激动而抖动着。他怀里总是揣着一块马帮从印度买来的英式怀表，镀了金的表壳，已经褪色得斑斑点点，可金灿灿的表链依然耀眼夺目。父亲擅长书画、雕塑、藏医，他的雕刻技艺远近闻名，还经常被人请去雕塑佛像。父亲是红教的虔诚信徒，红教是西藏佛教四大教派之一，早在唐朝时期就由印度的莲花生大师入藏传播。红教不仅建寺布道，还可以居家修行。每修行一年，头上的发髻就盘一圈。我记得那时父亲的发髻已经盘了九圈了，下大上小，看上去就像一个顶在头上的宝塔。

父亲在我房间里走来走去，不断把怀表掏出来看，然后庄重地告诉我说："孩子，时辰到了，我们走吧。"

我被父亲牵着手走进家中的经堂。经堂足有两层楼高，宽敞明亮，中间那尊莲花生大师的法像，有五米多高。这尊佛像是父亲自己设计、自己雕塑的，上面镶嵌着各种珠宝，可以说，我们家的大部分财富，都贴在这尊佛像上了，连母亲陪嫁的首饰都供奉在上面。这座佛像的里层是木架结构，外层是黏泥雕塑，上面涂着厚厚的金粉，看上去庄严巍峨；莲花生大师面色安详淡定，目光深奥慈祥，仿佛能包容世间万象。佛身靠北面南，端庄地坐在莲花宝座上，右腿微微敞开，左腿钩紧。一般来讲，莲花生大师不同的坐姿，代表不同的佛教含义，或悲天悯人，或威压仇敌。我家经堂里的这尊莲花生佛像的坐姿，具有护佑众生平安吉祥的意蕴。

莲花生大师的法像前供奉着一百盏酥油灯，一百个圣水碗，一百枝干花等五种供品，俗称"百供"，是在吉祥的节日里才会有的场面。佛堂里闪耀着灯火的光芒，弥漫着浓郁的果香。父亲让我给莲花生大师的法像磕十个头，我年幼体小，匍匐下去，半天爬不起来，但还是双手撑地，硬撑着爬起来再磕。那时我望着佛像想：他真高大威严啊，不磕头要受到严惩哦。在我磕头的时候，旁边的人神情肃穆，只有老师和喇嘛们开始齐声念诵祈祷经，那浑厚低沉的诵经声在佛堂里回荡，好像怒江江水在峡谷里激荡奔流。这样大的阵势和场面，不要说对一个孩子，就是一个大人，也会心生畏惧。

如果说一个人的宗教情感来自于环境和家族传承的话，那么，对神灵的敬畏感就是培养这种感情的第一步；而宗教仪规则是培养敬畏感的重要程式。这些复杂繁琐的程式对于一个孩子的心灵来说，就是一种熏陶和训练，就是让他进入佛门的第一步台阶，它即便不能立即让你产生皈依之情，至少也让你的心灵被引诱到某个既定的模式和轨道，让你相信，这就是你将来的生活，这就是你必须服从的命运。

但在当时，我哪里想得到这些呢？我既不觉得自豪，更不感到好玩儿，尽管人们用恭敬的目光看着我，可我巴不得尽快结束这场乏味的游戏。父亲把我引到宽大的客厅，中央有一个"寿座"，是一把没有靠背的方木椅。两边坐的是老师和父亲，客厅两边摆满了藏式卡垫，左边是喇嘛，右边是亲朋好友。我忽然觉得自己比其他人都高大了。

九个喇嘛列队向前，手持法鼓、法铃、经书、宝瓶、供果和法器，齐声念诵"祝寿经"，经文大意是：

明亮的太阳照耀着美丽的花朵，

雪山峡谷沐浴着太阳的温暖；

草原上开满灿烂的鲜花，

经堂里飘散着神灵的祝福。

今天是个祝寿的日子，

给我们的未来带来的是美好的运气。

　　接下来，让我起身向占堆活佛磕头，这算是正式拜师了，五岁的生日，就是我这个佛子学佛的学龄，拜师就是正式学业的开始。我给占堆活佛磕了十六个响头，意味着十六个圆满的佛缘，也希望老师将把十六部佛经传承给我，更标志着我已经把老师视为自己的又一个父亲。藏族人经常说："如果你视自己的上师如佛，你将争得佛果；如果你视上师如菩萨，你将成为菩萨；如果你视上师为凡夫，你将永远停留在凡夫之地。"因此，在出家人的戒律中，最根本的一条就是不能违背师命。我那时虽然懵懂无知，但也知道，从今以后，我要接受这位老师的管教了，可我并不喜欢他。虽然也说不上憎恨他，但一见他的面，我的腿就开始发软。

　　磕完头，占堆活佛赐我祝福的经文，那九个喇嘛再次出场，这次他们伴着法鼓、法号，跳着神灵的舞步，口诵经文，依次来到我的面前。占堆活佛先是将一部经书放在我的头顶，这意味着加持佛法，这叫"语"加持；然后又把一尊佛像触到我的额头，这意味着加持佛身，叫"身"加持；最后又捧一尊宝塔，放在我的胸前，口里念念有词，这便是"意"加持了。"语、身、意"三加持，象征着我从五岁起将继承佛的衣钵，行佛所行，说佛所说，想佛所想。我不再是个人的我，我是佛的传承，从此和佛生死与共。

　　这个生日，既是进入佛门的仪式，也是祖辈嘱我立德、立言的仪式，所以繁杂、漫长。拜师后人们又把四周的坐垫撤掉，客人们站立在宽大的客厅里看僧侣们的跳神表演。高僧们的舞步和着鼓点和法号，凌空蹈虚，诡异飘逸，像个隆重的晚会。人们看得津津有味，而"寿座"上的我却心神不定，我并没有领会"语、身、意"对我这个生日有什么意义，这些舞蹈是跳给我看的，还是跳给神灵看的？好像这些都是大人们的事情，他们似乎并不是在为我过生日，只是自己在搞化装舞会。记得我从马帮带来的一张印度画报上，看到一张拆成四页的照片：一群身材高大的男女，穿着肥大的衣服和宽厚的袍子，戴上动物头饰的面具，在一个金碧辉煌的大厅，不知疲倦地旋转着。有位大人告诉我，这是洋人的化装舞会，给我留下了深刻印象。

既枯燥乏味，又繁琐冗长的生日仪式还在继续。占堆活佛手捧一个宝瓶出场了，编制成扇形的孔雀羽毛插在瓶盖上。在场的每个人都低着头，伸出手接过占堆活佛从宝瓶里滴出的几滴圣水，然后恭敬而如饥似渴地喝下，并且用手心在自己的头顶上拍一拍。据说，宝瓶里面装有江水、河水、湖水、泉水四种圣水。最后，占堆活佛来到我的面前，将宝瓶中的甘露圣水用孔雀羽毛扇洒在我的身上，说这是为我洗罪，我从前做过的坏事都将被圣水洗干净，我将成为一个洁净的人。我就想：我从前干过的那些调皮捣蛋的事，诸如追打野鸡，上树掏小鸟，在神圣的经堂里和弟妹们玩捉迷藏，闹得鸡飞狗跳的，都是罪过吗？能洗得掉吗？难道以后再不能玩儿这些游戏了吗？

我肚皮早就贴到脊梁骨，饿极了，只盼望早点端上奶茶、酸奶。可在这种场合，连吃也是一种仪式。吃之前还要先敬神、敬佛，让神、佛先请，人们才可以吃。尽管食物并不丰盛，不过是酥油、红糖拌人参果，但算是那个时代最美味最好吃的。人参果在藏语里叫"措玛"，与藏语的"顺利"发音相近，因此吃人参果就意味着"一帆风顺"，这东西也只有在过年和喜庆的日子才吃。

那天，最叫人淌口水的食物，不是牛羊肉，而是大米饭。要知道在那个年代，即便在富裕的家庭，一年能吃上几次大米饭就已经很不错了。因为西藏不产大米，又交通闭塞，大米都是由马帮从遥远的汉地驮运而来，吃大米饭就像过新年一样，隆重而珍贵。当那碗红糖、酥油、葡萄干拌的大米饭摆在我面前时，我迫不及待地伸手抓了一把塞进嘴里。这时，坐在我身边的老师占堆活佛一巴掌打在我的手上，威严地低声说："先敬神！"

我把被打得火辣辣的手缩进袖里，嘴里塞满米饭，眼里含着泪水。我长这么大，还从来没被人打过，就是有人对我说几句批评的话，我的父母也总是对我呵护有加。这一刻，我终于有些明白了，我无拘无束的童年，就此结束了。生日仪式终于收场了。人们纷纷退出客厅，将我一个人留在"寿座"上。只有一个老僧威严地站在我身旁，就像是我的侍卫官。

按照家乡的规矩，喜庆之余总是要接受亲朋好友的祝福，当然不外乎是献哈达、送礼物，说几句祝福的话。首先是家庭成员向我祝福生日。第一个上来的是父亲，他给我献了一条黄色的哈达，送我的礼物是他的坐骑"黑玉"母马产的一匹白驹。因为我从家里到寺庙有半天的路程，以后我每个月都要来回一两趟。父亲的祝福语是：知识要在年轻的时候求，良田要在春天的时候耕。你现在已是学佛的年岁了，已经登上了巍峨的雪山，就不要再留恋脚底下的草原了；山上滚下的石头滚不回去，已经开弓的箭不能回头射；师恩大于父恩，一切听从师教；你是有佛缘的，要坚持走下去，定能成就。

在这个隆重而繁琐的生日中，记忆最深刻的是母亲对我的祝福。当母亲拉着两个妹妹和一个弟弟进来时，我的第一反应是想跳下"寿座"，大喊一声"阿妈"，然后扑向母亲，搂住她的脖子，可我身边的老师用严厉的目光盯着我，让我动弹不得。

母亲今天虽然一身盛装，但穿着并不算华贵。我母亲从来不佩戴珠宝玉器，更不穿珍贵皮毛的衣裳。尽管她也出身于大户人家，并且是方圆几十公里内有名的美人。在我的心目中，母亲是天下最美丽最善良的阿妈。我的父母都乐善好施，凡是有亲戚来，无论贫富，母亲都不会让他们空着手回去，不是一只羊腿，就是一口袋糌粑或是几坨酥油。一些生活困难的亲戚来时只牵一匹马，上面搭两个空口袋，走时母亲一定会让他们把口袋装得满满的。母亲常说："不应该装糌粑的口袋是缎子做的，里面装的却是豌豆磨的豆面。虎显示的是虎纹，人显示的是学问，虎纹在外，学问在内。做人要做一个品德高尚、信仰虔诚、施舍大方的善良人。"

母亲走到我的跟前，满眼泪水，眼神呆板，神情卑微。她躬身向我献上一条哈达，然后跪在地板上，工工正正地向我磕了三个头。

不要磕！在母亲刚一跪地的时候，我差点儿要哭喊出来。

过去，我常看见别人给父亲磕头，自己也给活佛磕过头，没有觉得有什么异样。今天，竟然是母亲给我磕头，让我感到意外、惊讶，似乎一下子进入一个紧张、恐惧、迷惘、虚幻的梦境中。她是最疼爱我的阿妈，是我最亲爱的母亲啊！

望着母亲躬身在地的背影，我的眼泪忍不住掉下了。我不愿因为做了一个佛子，就离开母亲的爱，拉开母子间的距离。我想下去搀扶她，但我的身子刚一动，身旁的老僧就用他有力刚硬的手掌按住我的肩膀。我抬头仰望，他的目光像鹰一般锋利，我害怕了。

母亲的最后一磕，长时间地匍匐在地上，似乎在默默地祈祷着什么。她缓慢地站起来，垂手弯腰，退出了房门，到了门口，母亲回头望了我一眼，那目光炽热而痴迷，自豪而哀伤。我那时看不懂这目光，多年以后我时常在回味中，才慢慢领悟到其中的内容。

我恍惚感觉到，从这个生日起，仿佛这家中的人，都离我远去了，所有的亲情都对我严肃起来。我成了一个僧童，成了一个与神更近，与人更远的人。欢乐的童年，纯洁的童心，无拘无束地奔跑，无牵无挂地玩耍，就这样被这个生日终结了吗？

冗长的仪式终于结束了，我被送回卧室。卧室也是教室，今后我的老师将在此授课，他将永久住在我的卧室隔壁。占堆老师已经威严地坐在我床头边的坐垫上了。他让我盘腿坐在床上，然后宣布了几条戒规：以后没有许可不准出门玩耍，除定时的两餐外不许随便吃零食，出家人过午不食，你年岁小，允许每晚喝一杯牛奶；早晨天不亮即按时起床，先是诵经，后是习字。他指着卧室沿墙落地的藏式经书架上摆满的经卷典籍说："你的这一生，从藏族古典诗词，萨迦格言，再到各类经典，藏医藏药，都要学，要把这些书念完，才算初懂佛学。"

我看着那些沉重的大部头经典，傻眼了。

夜幕笼罩着古庙，四周一片静悄悄的，唯有一闪一闪的酥油灯，像是一个微弱的生命在颤动。我睡在这间堆满经卷、墙上挂满唐卡画的房子里，看着唐卡画上那些栩栩如生的度母像，想起了慈祥的母亲。就在昨天，我还睡在母亲带着羊奶味的藏被里。可现在，她的怀抱、她的双手、她的眼神、她的体温，已是可望而不可即了，陪伴我的只有这些让人生畏的经书和唐卡画。院子外的羊圈里，羊羔"咩……咩……"的叫声在寂静的夜里悠扬绵长，牛犊吸吮母奶的声音也不时传来。牛羊都可以跟自己的妈妈在一起，而我为什么就不可以了呢？摆放在案头佛龛里的护佛神面目狰狞，怒目而视，就像要扑下来吞噬我，使我感到更加孤独无助、恐惧万分。

这叫什么生日啊？简直将我的童年一刀斩断，把我从阳光明媚的天空里，投入到黑暗阴森的禅室里。以后我还可以去夏季的高山牧场，躺在青青的草地上，仰望碧蓝的天空吗？还能在静静的夜晚，依偎在母亲温暖的怀抱里听她讲神话传说吗？在我三岁时，母亲常在夜晚的炉火边，夏日的星月下，给我讲格萨尔王的故事，讲部落兴衰的传说。她的故事语言生动，比喻贴切，人物活灵活现，情节感人动听。母亲还有一副优美的歌喉，能唱几百首草原上的民歌。有些歌词在草原上、峡谷中传唱了千百年，有些歌词是她自编自唱的。我听着母亲的歌声，常常不知不觉就睡着了。

看来，这一切都已经离我远去了，我终于放声大哭。

我的哭声惊醒了占堆老师。他披着晚上打坐时穿的法衣，赤着脚板来到我的房间，表情依然刻板。除了重复那套生日对我的祝词，还告诫我说："山和山不相遇，人和人总要相逢。我们结为师徒，是前世的因缘。你要做一条游进大海的鱼，跑进草原的马，飞进云层的鹰，就得有学问。我教过的学生，比你妈会唱的民歌还多，我不相信金刚磨不出针尖，何况你是一个聪慧过人、灵智超前的孩子。"说完转身就走了。他的声音在寂静的夜里如此威严、冷酷，而所说的那些大道理又如此沉重、冰凉，吓得我的心一直怦怦乱跳。

我在泪眼婆娑中迷迷糊糊地睡着了。我梦见唐卡画上的那些护法神都从画中跳下来捉拿我，他们肩上扛着骷髅，手里拿着铁链，双脚踩着人头，追赶得我到处乱窜。藏传佛教的护法神有各种不同的化身，有善相和怒相。扮愤怒状的护法神一般都显得狰狞恐怖，以威吓佛法的敌人、神界的魔鬼。我被噩梦惊醒了，看看香案上的燃香，才发现自己并没有睡多久。

我爬起来，钻出被窝，站在窗前，拉开窗帘，窗户被一层粗糙的藏纸蒙着。我用手指蘸上口水，浸润了藏纸，划破一个小洞，往外一看，先是看到伙房里的煤气灯仍在闪烁，那里的人还在忙碌。伙房旁边是母亲的房间，那就是我的目光要找的地方。

母亲的房间竟然还亮着烛光，这让我欣喜若狂。我在喉咙深处喊了一声：阿妈……

泪水模糊了视线，我要去告诉母亲，我不当喇嘛了，我也不想学佛了。我只想随时见到阿妈，随时都在阿妈的身边，随时听到阿妈的声音，哪怕是骂我的声音。我离不开阿妈的温暖和呵护。

隔壁占堆老师的鼾声此起彼伏地传来，我确信他已经睡熟，就披了件藏袍，蹑手蹑脚地悄悄打开门，在黑暗中飞奔到母亲的房门前。我从门缝中看到母亲坐在床头，手里抚摸着一个黄布包裹，目光发亮，神情慈祥而专注。灯光下的母亲显得那样恬静、温柔、美丽，就像唐卡画上的绿度母。母亲那时的神态，一辈子都铭刻在我的记忆深处。

我猛然推开门，低声叫了声"阿妈"，便扔掉披着的藏袍，光着身子钻进母亲的被窝里。她先是惊讶片刻，接着紧紧地一把搂住了我。母亲的力量好大呀，这是世界上最有力量的爱，最有力量的温柔。这就是一个母亲宽广温暖的怀抱。

我哭，母亲也哭。我双臂钩着母亲的脖子，拼命地亲她。母亲抱着我的头，把她的前额紧紧地贴在我的脸上。母子的泪水交融在一起，我再次嗅到了母亲身上熟悉的体味，感受到了母亲大海般的温情。我就像一条自由的鱼儿，漫游在母爱的江河中，白天那些繁琐的仪轨，虚荣的祝词，都比不上母亲给我的一个吻啊！

母亲想把我推开，仿佛又舍不得；不推吧，我跟母亲的怀抱已经粘连在一起了。母亲推我一下，我在她的怀里钻得更深，母亲就搂得更紧；然后她又推，又搂……反反复复，难舍难分。

而屋外占堆活佛的鼾声隐约传来——那是世界上我最不愿意听到的声音，我相信母亲此刻也有这种感受。

母亲怕我冷着，就找来一块黄色的氆氇被，把我裹起来。我说："阿妈，我要在你的房间睡，再不离开你。"

母亲犹豫了一下问："儿子，今天占堆活佛打你的手。痛吗？"

我来不及想这个问题，只说："忘记了。"

母亲轻轻叹了一口气，在我的耳边低声说："儿子，阿妈的好宝贝，你听妈讲。你父亲继承了家族的荣耀，他现在像一座古老的房子，不知哪天歪斜。你是支撑着他的唯一的柱子，是他唯一的安慰和希望。你不知道家史，祖辈开头兴旺得快如骏马，现在不能衰落得矮如草原。你是佛家的后代，已经染上了红色的氆氇，就不能说我喜欢白色。经商聚财不是家传，学佛积德才是家规。这些道理你现在不懂。你五岁的生日为什么耀眼光彩，是为了让人记住，'麦巴'有了后人。要听话，妈送你回去。"

我不明白为什么阿妈说的话也跟其他人一样。我心里在想，我只要阿妈，不要当佛子，不要学那些搞不懂的经文。这时，我把阿妈的被子一把拉过来，将我们两个盖住，然后再往母亲怀里钻。我认为，只要我钻进母亲的被窝里，她就不能赶我走。一个小孩子在母亲面前能撒的娇，会耍的赖，我都使出来了。

母亲只好从床上起来，点燃房间里的香炉，撒上香粉，让青烟再次冒起，然后将刚才裹我的氆氇举在香烟上熏。这不仅仅是一种来自神的祝福和母亲的呵护，而且母亲认为：刚才这块氆氇沾了她的身子，对一个佛子所用的东西来说，已经不洁了。她要用香烟熏走氆氇上的凡人之气。

母亲用熏好的氆氇再次裹紧了我，将我从床上拉出来。我看见了母亲眼睛里的泪花，也看见了母亲脸上哀婉的表情，但母亲的行动却很坚决。她紧紧地搂抱着我往屋外走，我不断地挣扎，不断哀求："要和阿妈睡，要和阿妈睡……"以至于有一次差点儿从母亲的手臂中掉下去了。

母亲吓坏了，再次搂紧我，说："儿子，你要听话。阿妈可从来没有打过你。求求你别闹啦，占堆活佛会听见的。要是他知道你来我这里，你会挨打的，你阿爸也会骂我的，听话呀儿子。"

我终于被母亲抱回我的房间，占堆活佛还在隔壁熟睡。母亲把我放在床上，用一条毛茸茸的红色氆氇把我裹好，又说了很多鼓励我好好儿学经的话，不断地哄我，亲我。母亲说："阿妈可以爱你、想你，但阿妈不能将你育成古柏、做成栋梁。你要听占堆活佛的话，他的名声大如雷鸣，他的知识多如林涛，是你父亲以建一座小庙的功德请来教你的。你要珍惜啊！"

我再一次把手伸进母亲的怀里时，无意间碰到一件东西，我把它拿出来，原来是白天母亲给我献的那条哈达！这条哈达不是很新，上面甚至还有酥油的痕迹。既然我不能留住母亲，就留下母亲的这条哈达吧。因为那上面有母亲怀里的香味。

我对母亲说："我要这条哈达。"

但是母亲把哈达拿回去了，她说："儿子，哈达不能给你，以后再给你讲这条哈达的故事。你要早早地睡，明天还要一大早起来念经呢。阿妈每天早晚都会在佛、法、僧三宝面前为你祈祷的。"

一条哈达背后会有什么故事呢？那时我还不明白。白天母亲在向我献完哈达后，就将它取回去了。我没有想到母亲会一直将它揣在怀里。

母亲终于要走了，她狠狠地亲了我两口，她眼里的泪花再次洇湿了我的脸。我感到伤心的是：她竟然一点儿也不顾惜我此刻依恋她的心情！在母亲跨出门槛儿时，她仿佛是做了件什么错事，还不断扭过头来望着我，我还能清晰地看见母亲眼眶里的泪水。可是母亲却忘记了门槛儿的存在，她绊了一下，差一点儿跌倒。我大叫一声"阿妈！"，但我的呼喊只让母亲更慌张、狼狈，她的背影倏然消失在黑暗中。

是泪水模糊了母亲的眼，让她看不见地上的路？还是门槛儿有心，不让我的母亲就这样离去？

我人生的第一个生日，就是这样，既让我伤心，又令我怀想。生日对其他的孩子来说，是快乐无比的，而对一个佛门弟子，则是进入佛门的第一扇门。今天我回忆起五十多年前这个佛门生日，只是想再现当时西藏历史背景之下的一种民风民情，以及它体现出来的文化特色。其实，不同民族间的区别，根本上在于文化的不同，迥异的文化造就了不同的民族特色。民族之间的沟壑，实质就是文化认同上的沟壑，而民族之间的团结融合，是建立在对彼此文化的尊重理解基础之上的。我们或许可以从一个孩子的生日，看出一个民族曾经拥有的过去。

原载《十月》2009年第3期

六十自述

蒋子龙

————————

　　毋庸讳言，一般人都不愿意老。不然为什么有相当多的人怕退休？甚至为延缓退休而涂改年龄，所谓"五十九岁现象"即是"退休恐惧症"的一种反映。所以，国人把正常退休形容为"安全着陆"，退休居然成了很不安全的事情，就如同有一架老掉牙的飞机，能够平安降落就是万幸。这时候就看出来，还是当作家好。退休不仅不会影响写作，还意味着有更充裕的时间用于写作。

　　话说我也终于熬到了该退休的日子，就觉呼啦一下，全身心即刻轻松下来。从此作家协会的是是非非、吵吵闹闹，文人们相轻也罢，相亲也好，谁去告状，谁又造谣，如何平衡，经费多少，药费能否报销，职称有无指标……全跟我没有关系了，感到从未有过的自由和惬意。人到六十岁就有了拒绝的权利，对有些人和事可以说"不"了，不想参加的活动就不去，不想开的会就不开，不想见的人就不见，不想听的话就不听……眼不见心不烦，耳根清净心就清净。哎呀，妙，人到了六十岁真好！

人一般会越老越信宿命。我就越来越相信造物主的公平：年轻时得的多，上了年纪就失去的多；年轻时缺的，到老了还会补上。我在年轻的时候就没有很好地享受青春，到老了反而开始体验自己的青春……那么，我在青春年少的时候干什么去了？这要说起来话可就长了。年届花甲，倒也不妨小结一番。

　　我出生于日本侵华的战乱年代，在逃难中因奶水吃不饱经常哭闹，乡亲们都藏在庄稼地里，最怕的就是有人出声。于是我成了大家的拖累，家人无奈一咬牙便把我遗弃在高粱地。但跑出去老远还能听得到我的哭声，心实不忍，大姐又折回把我抱上，算是捡回了一条小命。也是我命不该绝。俗云"大难不死，必有后福"。我虽然自小喜欢练武，沧州以练武闻名于世，我的村上就有南北两个练武的场子，可上学以后功课还不错，曾经在全区会考中拿过第一名，这下就调动起父亲的野心。他因"识文断字"，在村上做先生，也算是活得明白的那种农民。于是就想把我"培养成才"，要成才就不能耍刀弄棍玩拳脚，严禁我再到练武场上去。我眼馋就常常偷着去练，为此不知道挨过多少打。

　　后来稍大一些了才明白父亲的用心：我有弟兄四个，老大继承祖业，在家里守着父母；老二在天津学做买卖，前（钱）途无量；老三多才多艺，成了手艺人，在天津靠技术吃饭；我是老四，留给我的只有一条路可走："万般皆下品，唯有读书高。"十四岁从沧州一下子考到天津上中学，还算可以。谁知十六岁赶上了"反右派"，因说了一句话成为全校唯一一个被批判的学生，并被撤掉班主席职务，受了个严重警告的处分。

　　那句惹祸的话是："孟主任够倒霉的。"孟是学校教导主任，昨天还给我们上大课讲《三国演义》，今天就被打成了"右派"，让班干部们列席批判。在散会后回班的道上我嘟囔了那句话，不过是年轻多嘴。想不到班委会有个好朋友一直跟我暗中较劲，学习成绩也跟我不相上下，老想取我而代之。这个机会岂肯错过，跑到学校"反右运动办公室"告了我一状。当时好像有说法，中学生不打"右派"，但没完没了的狠批臭骂却躲不过去，一直折腾了我半年多，作为回报，将我拉下来以后，那位朋友顶替我当了班主席。这是我平生第一次知道了什么是小人，体验了奸诈和被出卖的滋味。沧州人气性大，开始大口吐血……

从那时起，我对城市失去了好感，总感到堆积的楼群和拥挤的车流中隐藏着无法预知的险恶。我隐约觉得城市不适合自己，但命运又让我无法摆脱城市。后来考入铸锻技术中心学校，一接触机器便心气大畅。它冰凉硬梆，不会说话，也不会在背后打你的黑枪。但它有感情，你对它下的功夫大，它就会对你百依百顺。我也格外喜欢那种大企业的气势，在那种新奇的令人振奋的环境里，我吐血的毛病很快就不治自愈。

当时我还不可能意识得到，以后我小说中的气韵、风格很可能就来自这座现代大型企业，正是这种工业生活养育了我后来的文学筋骨。我如果就此平平稳稳地学技术，在工厂待下去，我的生活也许就会容易和安定得多。偏偏赶上1960年海军要招考一批测绘员，我们的国家以前没有领海权，刚刚确立十二海里领海，急需海洋测绘人员。我那时已经拿到了第一个月的工资——四十一元六角四分。那感觉恐怕比现在拿到四千元还要兴奋，实在是无意再去当什么兵了。况且还知道自己档案里有黑点儿，何必再一次去揭那块伤疤。可那个时候适龄的青年不报名是不行的，我也就跟着大家一起报了名。随后就是身体检查，政治审核，文化考试……一关关地过下来，在全市几万名应征青年中挑选出了三十名合格者，根据考试的成绩排位我竟名列第一。因此负责来招兵的海军上尉让我当了这三十名新兵的临时排长。

命运可真会捉弄人，挨批挨斗受处分的疙瘩还在心里堵着，怎么转眼又成了"红色青年"，又穿军装又当排长，生活的戏剧性跟闹着玩儿一样。而且我还吐过血，为什么体检没有查出来？我受过处分且家庭出身不好，政审又是怎么通过的？想来想去只能有一种解释：当国家急需的时候，枝节就变得不重要了，一切都要服从急需。谁叫你赶上了这一拨儿呢？就像江心的一片树叶，水流的方向就是你的方向，想挡都挡不住。

我在部队里干得不错，并从1960年冬天开始公开发表散文、故事，为部队文艺演出队编写各种节目，1965年发表第一篇小说。正当我做着升官梦的时候，升官的政审却没有合格，问题还是卡在富农出身上。既有现在，何必当初？此一时，彼一时，当初是国家急需，现在国家不急需了——这个玩笑可开得有些过分。

我心灰意冷，对自己的前途和未来的生活不再抱任何希望，觉得一而再再而三地被生活所戏弄、所欺骗。于是也就不想再回到大城市的天津，便带着部队发给的复员费和全部证件坐上了西去的列车。想当然地认为凭我的制图技术，到新疆勘测大队当一名测绘员绰绰有余。在兰州倒车的时候，躺在凳子上睡着了，小偷偷走了我装着全部证件和钱的背包，还相中了我脚上的一双新球鞋，已经脱下了一只，在脱第二只的时候我醒了。可想而知，我一只脚光着，一只脚上的鞋带已经松开，是不可能追得上小偷的。最后走投无路，找到了甘肃的"荣复转退军人安置办公室"，他们给海军司令部打电话，经核实确有我这么一号，就给我买了回北京的车票，还找来一双半旧的球鞋让我换上。就这样我狼狈不堪地又回到海军部队，部队重新为我补发了所有证件，怕我再自己去乱找职业，就直接把我送回原来的工厂。

转了一大圈儿又回来了，跟我一起进厂的老同学们，有的当了中层干部，有的当了工段长，在专业技术上我已经不能跟他们比了，工资也比他们低一到两级。而且，他们大都结婚成家，有了孩子，每天一进家门就有人叫好听的。阴差阳错，我把什么都耽误了，只获得了一个带有贬义的称号："大兵。"有人在喊我"大兵"的时候还要在前面加个

"傻"字。意思很明确，老大不小了，什么都不是，整个傻到家了！

傻就傻呗，比起那些什么好事都没耽误的精明人，我的阅历丰富，见的世面多，这恰好对创作有帮助。写作本来就是想把自己变成一个与自己不同的人；寻找另一个自我，这需要调动自己的全部生活，当然生活越丰富就越好。古人讲，从来无所羡慕者不作书，无所怨恨者不作书，非亲身经历作书也不能感人。我像着了魔，把所有业余时间都用上了还不够，就经常下班后一干一个通宵。不幸的是"文化大革命"很快开始了，仿佛一夜之间全国的文学期刊都撤销了，有好心的编辑把原来准备发表的我的小说校样都寄给了我，有近十篇之多……这个打击也不轻，它狠狠地掐断了我想在创作上搞出点名堂的念头。再加上我当过厂长的秘书，在"四清工作队"帮过忙，理所当然地被打成"保皇派"和"反革命修正主义黑笔杆子"，在接受了一场万人（当时厂里有一万五千名职工）批判的大会之后，被押到生产第一线监督劳动。由此，我的脑子里也变得单纯了，什么好高骛远的想法都没有了，只剩下一个念头：活着。像其他人一样干活吃饭，接受家里的安排，结婚成家。

这实际上再一次成全了我，从最低一级的工人干起，一干就是十年。后来完全凭借自己的技术实力当上了生产工段长，不久又成了一个拥有一千三百多名员工的大车间的主任。生存环境稍一改善，文学的神经又痒痒了，1976年在复刊的《人民文学》第一期上发表了短篇小说《机电局长的一天》。不想这篇小说很快就被打成"大毒草"，在全国批倒批臭，常有造反斗士打上门来，天天折腾得我心慌意乱。而且批判没完没了，还不断升级，我精神乃至生活上的压力越来越大，暗自揣摩自己的命运可能和写作犯顶，只要不放弃手里的笔，命途就会老是多灾多难。于是，我又沉寂下来。渴望，忧虑，写作会遭罪，不写又难受。但总的说，不写的痛苦更大于写的痛苦。此时我得了慢性肠炎。说来也怪，挨批挨斗是神经紧张，神经系统没有出事，处于消化系统下档的结肠倒出了毛病。

三年后，发表了《乔厂长上任记》。我所生活的城市市委机关报对它连续发表了十四版的批判文章，当时的市委文教书记在全市最大的剧场——第一工人文化宫，动员计划生育和植树造林，却把大部分时间用来批判这篇小说。这自然又闹成了一个事件，工会主席回厂传达的时候说："蒋子龙不光自己种毒草，还干扰破坏全市的植树造林和计划生育……"偏巧在全国短篇小说评选中它又得票最高，这使评委会为难了：是该批判呢，还是该得奖？后来我看到一份《文化简报》，上面摘录了一段领导人对这个小说的评价。我想这可能是那场风波表面上平息下去的原因。

但第二年的《一个工厂秘书的日记》又有人对号入座告到了北京。然后是中篇小说《燕赵悲歌》，惹得当时的一位政治局常委当着美国作家的面批评我。那是我到北京参加第二次中美作家会议，其中有项活动是跟美国作家一起到人民大会堂接受中央领导同志的接见，当这位领导同志跟我握手的时候，我不失时机地指出了《燕赵悲歌》在倾向上的问题……以后还有《收审记》《蛇神》，甚至一篇两三千字的短文也会惹起一场麻烦。到2000年春天，我的长篇小说《人气》在报纸上连载的时候还被腰斩……

粗粗一算，自"文革"结束后的二十多年时间里，有五届市里的领导人物点名批判或批评过我。在我们这样一个体制下，上面五级风，到下面就会变成八级风，可想而知我的滋味了。多亏我命硬，不然也许就真的不能"平安着陆"了。这都怪我笔下的人物往往都处在生活尖锐矛盾的中心，害得我自己也常处于社会上错综复杂的旋涡中心。

但据实以告，就是《机电局长的一天》挨批的时候我是真正紧张过；对以后的诸多"治病救人"之技，已经有了"抗药性"。说一点不生气是假的，说精神上有多大压力也是假的。后来批得我兴起，每当看到报刊上又发表了批我的文章,在下班的路上就买一瓶啤酒、五角钱火腿肠,当夜必须要拉出一个短篇小说,放几天再改一遍,然后抄清楚寄走。

所以那个时期的东西写得特别多,连续几夜不睡觉是经常的事。自己写得沉重,别人看得也沉重。尽管正处在壮年,长期这样折腾,身体再好也受不了,生活没有规律,肠炎的发作也没有规律,时好时坏,总也不能根除,几十年下来真把我缠得够呛。到后来,我很自信的腰身和四肢也开始捣乱,具体摸哪儿都不疼,虽不疼可浑身又不舒服;觉得很累,躺到床上并不感到解乏;已经很困了,想睡又睡不香甜。有时还腹胀,胃疼,食欲减退,经查是有胆结石并患上了萎缩性胃炎。据医生讲:这种病只要得上就不能逆转——这可真是黄鼠狼偏咬病鸭子!我的命再硬,招惹上这么多毛病就使生命失去了本该有的活趣,活着没趣,就说明活的方式出了问题。要反省活的方式,就不能不反省自己的创作,我的生活倒霉都倒在了写作上!创作是对生活也是对自身的感悟、况味和内省,是一种刻骨铭心的诉说。所以说作家的作品和生活其实是同样的东西,都是在追求一种生存的意义。创作的重压直逼身心,还要在重压下构建自我,怎能不累。

有一天我骑着自行车路过海河沿,看到有几个老头在河里游泳,心生一问:为什么敢下河戏水的都是老年人?一群青年男女倒站在岸上瞧新鲜。我脑袋一热,没脱衣服就跳了下去。河水清凉,四面水波涌动,我却感到非常舒服、安逸,全部身心好像都被清洗得无比洁净。就在那一刻,如同修禅者开悟一般,我的脑子似乎也开窍了:心是人生最大的战场,无论谁想折腾你,无论折腾得多么厉害,只要你自己的心不动,平静如常,就能守住自己不被伤害。以后海河禁止游泳,我就跟着几个老顽童游进了水上公园的东湖,入冬后又转移到游泳馆,一直就这么游下来了。人的心态一变,世界也随之变了。人原本就是在通向衰老的过程中领悟人生，学会一切。逐渐地我感受到了生命本身的快乐：饿了能吃，困了能睡，累了躺下能觉得浑身舒坦，所谓在医学上不能逆转的萎缩性胃炎竟自己好了，连纠缠了我二十多年的慢性肠炎也有三年没有发作了——我想三年没有犯的病今后恐怕也不会再犯了吧？

在创作上自然也进入一个随意的阶段，已经放下了一切重负，写自己喜欢写的，每天往电脑前一坐成了一种享受。今天写得美了，可以接连痛快两三天。写作变成对生命的营养和愉悦。其实愉悦是写作必须达到的目的，不能给人以愉悦感，又谈何能给人以启迪呢？但，生命的核心——对生活的热情并没有变。有了这份热情就有写不完的东西和读不完的书。文学的全部奥秘说穿了无非就是求真，生活的真实和心灵的真实相契合，于是就产生了有价值的美，也叫艺术感染力。随着年龄越大，就越能更深刻地感受人生的丰富。

六十岁以后的最大感觉就是心里的空间大了。心里空间一大，精神就舒展强健，更容易和人相处，和生活相处。空间是一种境界，许多不切实际的渴望没有了，心自然也就能静得下来。看看周围的青年人，为了挣钱，为了职位，不遗余力地打拼，真是同情他们。即使有奇迹发生能让我再倒回去，我也不干了！

——竟然会说出这样的话，也许这就是老糊涂的表现。赶紧打住！

原载《文学界》2009年第1期

我经历的狼

陈忠实

————

几个根系都扎在乡村的朋友遇到一起，很随意也更自然地慨叹着生活发生的急促到不敢想象的变化，由此而不由自主地感慨童年时期乡村生活的艰难，有人说到一块糖疙瘩留下的难忘的记忆；有人说到他直到进县城寄宿读中学时，晚上睡觉脱裤子时才发现别人穿着贴身衬裤，回家哭闹着要母亲赶制一条；有的人说他和一位女同学同坐一条长凳同趴一张课桌整一个学年，竟然发现没有说过一句话，甚至不敢正眼看对方一眼，往往是伪装看书用眼角的余光偷瞄一眼，如此等等。这些旧时生活经历的细节，几乎是一人道来人人呼应，都有过同样的或类似的经历。其实不难理解，那时候关中乡村乡民的生活情况大同小异，如上三种在今天几乎是不可思议的事，在我都经历过也发生过，那时候寻常存在的生活世相，今天竟有恍若隔世之感，却又如此鲜活，如在昨天发生。

这种老朋友老同学老乡党的聚合，没有任何主题话语，纯粹闲聊，想到哪儿就说到哪儿，一种再轻松不过的气氛，再加上几杯酒下肚，情绪愈加亢奋，往往发生几个人同时说话各说各的人生际遇以及感慨。我往往在这种境况里省下口舌，享受听的乐趣，却也有控制不住的时候，便是有人说到了狼。几个人都争抢着说到自己幼年遭遇狼的险事和趣事，我也加入了说狼的旧话之中。朋友中竟有人插话说，你能写文章，把你这些狼的故事写出来，挺有意思。我曾动过此念，之后又觉得意思不大，便拖下来。前几日在电视上看到一个说狼的短片，业已沉寂的写狼的兴趣又发生了。

自有生活能力的幼稚时期，我对自己生活的世界最早产生的恐惧来自两种东西，一是狼，另一个是鬼。印象里对狼的恐惧肯定早于鬼，先说狼，暂且搁置鬼的故事。

小时候闹性子耍脾气，父母顺口一句恐吓的话，狼来了。尤其是晚上，玩得兴奋不安生睡觉，或是因什么不高兴的事使性子，父母没招了就请出狼来吓唬我。狼是什么样子无法想象，恐惧的效应却在心里形成了。我对狼的近距离感知，发生在十三四岁的时候。

那年实行了农业合作化，劳动分红需得等到年底，父母平时只顾在农业社出工干活，属于自己的土地和土地上的物产都归集体了，自然没有任何经济收入了。家里总不能缺盐，醋可以由母亲酿造，也难免头疼脑热去看病买药，还有我和家兄的学费，都得花钱。父亲想到了养猪，猪养肥杀了卖肉，或是把肥猪卖给屠户，都会赚一点利钱。父亲在后院垒了猪圈，春天买回一头小猪，放进猪圈。那个猪圈的上方，横着搭了几根木棍，上边又架着一束一束从坡坎上砍下来的满身长刺儿的野酸枣棵子，是为防狼跳进猪圈咬小猪的。在猪圈的外墙上，用当地出产的一种白土化成浆水画了几个圆圈，据说狼怕钻圈。其实，村子里凡养猪的人家，猪圈四周和上边都是这种防狼的措施。然而，不妙的是，把小猪放进猪圈仅仅半天一夜的第二天早晨，父亲便在猪圈外边的地面上发现了狼的蹄印。尽管小猪安然幸免，父亲仍断然采取措施，白天把小猪关进猪圈，晚上把小猪放出来安置到屋子里，在后门左侧的木梯下的墙拐角，铺了一层黄土，又撒了一撮稻草，小猪便卧在那里过夜。

我那时在城里读初中，寄宿学校，周六晚上才回家一次。有天晚上睡到半夜，我被敲击后门的响声惊醒。父亲却依旧打着鼾声。我摇醒父亲说谁在敲门。父亲随口不在意地说："是狼。"我不由得"啊"的一声，睡意全吓跑了。父亲便告诉我，自打把小猪安置到后门门内的墙角，夜里时不时就有狼来守在后门口，初发生门被撞响的头两次，他手抓一根木棍，拉开后门门闩时，狼便蹿上后门外的白鹿原坡上了。他曾在月光下看见慌急逃窜的狼的身影，佯装追赶几步，吓一下狼，多少能安生几晚。过不了十天半月，狼又来了，又把后门板弄得咣咣当当响，他不仅懒得搭理，而且照睡不醒。父亲告诉我，狼能够在很远的原坡上闻到猪的气味，总想吃猪。父亲还告诉我，狼是用屁股碰撞后门板，狼是铜头铁尻子（屁股）豆腐腰，打狼要打腰。说罢，又睡着了。

我却睡意全无，似乎心还在慌跳着。后门板停住了响声，大约是狼听见了父亲说话的声音。当父亲睡着不久，后门板又响起来，我更加害怕了，从我睡觉的后屋的炕，到后门不过几步，狼就在后门外用尻子碰撞后门，门板响几声，卧在后门内的猪就发出却也不甚惊慌的一两声哼哼。我怎么也睡不着，想象着狼的发着绿光的眼睛，龇着长牙的大嘴，越想越怕越睡不着。我又摇醒父亲。他披衣下炕，懒得开后门，只听他用脚把后门板蹬得山响，就回屋睡下了。后门再未发出响声，狼吓跑了。我缓了好久才睡着。

到这年冬天放寒假时，这头猪已长成一头大肥猪了，正在加精料追肥，不久就该卖掉或宰杀了。我几乎每天晚上半夜时分都能听到狼用尻子碰撞后门板的响声，竟然也不再发生惊吓睡不着的事了。有一晚，又被狼碰撞后门板的声响惊醒，我竟然想和狼有一个短距离接触的冒险举动，捞起父亲常备的那根木棍，走到后门口，本想拉开后门敲那只恶作剧的狼一棍子，但到后门前却胆怯了，万一我在拉开后门板的一瞬间，那馋急了的狼朝我扑来怎么办？我便学着父亲的做法，用脚猛蹬后门板，狼逃走了。这是我与狼的最短距离的接触，之间仅隔两扇门板。过了几天，杀了肥猪，再也听不到夜半狼用尻子撞碰后门板的响声了，我竟觉得有点寂寞，似乎缺失了什么。

　　早在一年前的冬天，还经历过一回狼的故事，不是发生在通常的乡野，却是发生在省会城市西安。我刚刚考上初中，新建的校舍尚未完工，便把新招的四个班级的学生临时安排在一所停歇的教堂里。教堂在西安城东门外的东关北边一条狭窄的小巷里，倒也清静，是一方听讲写字的好地方。教堂的后门外，是一块很大的平场，有一孔早已废弃的砖窑，可以判断这儿曾经是一个制砖烧砖的场地。有人在这里养了一群羊，用很简陋的围栏围住羊群，养羊人自己食宿在废弃的也很破旧的砖窑里。教堂的后门外设置男女厕所，我和同学一天几次走出后门去方便，不久也就看出过去的砖场，现在的"牧场"上的生活景象，大约在太阳出来许久，养羊人才赶羊出场（据说羊吃不得有露水的草）到野外去放牧。太阳落山时，他又把吃饱了牧草的羊拦回"牧场"，圈进围栏里。入学时看见的小半大羊，眼看着到冬天就长成大羊了。

　　临近寒假，正是关中地区最寒冷的数九季节。我在某日早晨进入教室开始早读，听班里同学说，昨晚"牧场"上的羊被狼咬死了两只。我架不住好奇，和一个同学跑出教堂后门，头一眼就看见，放羊汉子正在持刀剥着羊皮，那羊是倒挂在一根凌空架起的横杆上，并排挂着两只，一只已经剥光了皮，鲜红的肉体，且已开膛，内脏就堆在脚旁边的一只木盆里，正在剥离这一只羊的羊皮。我闻到一股血腥味，却也没问羊的主人，想来昨天夜里发生狼咬死羊的惨事是无疑的了。

　　这是1955年的冬天，西安城东门外的东关北边一条小巷里发生的狼咬死羊的事。顺便简介一下那时的西安古城的格局。西安古城有一圈虽则破旧却基本完整的明代修筑的城墙，墙顶上可以对开汽车，足见其雄厚。西安城中心有钟楼鼓楼作为标志，以此展开东西南北四条大街，也就有了东门西门南门北门四道大城门。四道城门外仍然延续着城市的格局，分别为东关西关南关北关，比之四道城门内的四条大街的规模自然小而短得多了。我在1955年看到的东关的东面南面和北面都是庄稼地，这里那里散落着村庄，却不与东关里的城市人混居。就在东关的北面的小巷里，庄严肃静的教堂后门外，竟然有狼光顾，且咬死了两只即将出栏的肥羊，约略可以想到50多年前古城西安的一斑。我曾猜想，说不准那野狼完全可以蹿进东门，在东大街乃至钟楼鼓楼下转悠觅食……在我却是看到了弱肉强食的直观现场，竟然是在城市范围内的教堂后院。

我第一次看见狼，是在两年后的一天早晨。我上初中三年级时，转学到离家较近的一所中学，约20华里，依旧继续着背馍寄宿的生活。已成规律的生活秩序，是周六下午放学回家，周日下午背着母亲蒸好的馍上学，绝大部分的农村学生都是这样求学读书的，不仅不以为只啃干馍喝白开水的生活艰苦，而且对新中国给予的上中学的机会心怀感恩。记不得那个周日下午因何故未能返校，周一天不明便起身背馍赶路，那时没有公交车，更不敢奢望自行车，只有步行，却也习以为常。因为天尚未明，父亲便陪我赶路，主要担心是怕遇见狼，那时候拦路打劫的凶事几乎闻所未闻。

暑末秋初的灞河川道的黎明时分，弥漫着一层白色的水雾。路上不见行人。过了一个马家村，也未遇见一个早起的村人。出马家村要翻一道流沙沟，很深，仅有一步宽的小道，这是传说中多有野狼出没的地方，往往使人有阴森的心理压迫。有父亲相陪，我只顾走路，没有任何恐惧，下沟再上沟丝毫也不觉得累，只怕迟到，尤其是陌生的新学校的开学第一天。不觉间翻上流沙沟对面的平地，天色有亮光了。父亲突然惊叫一声，狼！我吓得当即收住脚步，便看见离我们不过十来步远的谷子地头，有两只狼，灰黄色。两只狼在谷子地头的流沙沟边上嬉戏，这只跳起来扑向那只，那只歪头躲过，纵身跃起又扑向这只。狼肯定看见了父亲和我，却不逃走，依然戏耍着。人说虎不失威，我直接看到了的狼也不失威。父亲似乎不甘于就此走掉，顺手在地上捡起两块石头，接连朝狼扔去。那两只玩得正开心的狼并不惊慌，却也终止了戏闹，缓缓慢跑着朝北边去了，给人以悻悻的感觉。这是我平生唯一一次在乡野间和狼的遭遇，距离很近。有父亲在身边，短暂的惊怕很快过去，我又真实体验了父亲存在的意义。再说，那两只戏耍着的狼，没有任何凶猛残忍的外相，和我见惯了的戏耍的狗几乎没有差别。这是 1958 年 9 月初"大跃进"正热火的年月的一次奇遇，这年我 16 岁。

这时候，我尚无在生产队参加劳动挣工分的资格，每逢学校放假，寒假时到坡上拾柴火，暑假也是到坡上割草，可以挣工分。这里所说的坡，就是地理上白鹿原的北坡，起伏有急有缓，形成一条连着一条的大沟浅峪；舒缓的坡地上被先人们开垦为田地，种植小麦；陡峭的坡坎和沟峪里只能生长荆棘和野草，间有杂树。我和伙伴拾柴割草的时候，常常能发现狼拉下的新鲜粪便。狼的粪便很容易辨认，常常挟裹着白色的羊毛和黑色的猪毛，任何其他动物不会拉出这种粪便来。可以想到，就在昨夜，狼从这里走过，不由得心里发紧，偶尔还会看到被狼撕扯破烂的小孩的衣裤，那是不幸早夭的孩子因为埋得浅，被狼刨出来了，却不见残骨，我常被吓得不敢多看一眼。后来的许多年间，时不时会听到村人中间的传闻，邻近那个村子什么人家的猪或羊被狼咬死了，或叼走了，甚至偶尔传闻吓人的惨事，什么村什么人家的小孩被狼伤害了。这样积久的传闻，即使无意，也在加深着对狼的印象——凶残。

大约到了"文革"发生的第二年，我所工作和生活的西安东郊地区，也和西安其他地区一样激烈着造反夺权的风潮，几乎是村村社社无宁日。与这里那里不断发生的武斗相映成趣的是，有两只狼似乎也被疯狂的社会气氛感染了，到处为非作歹，前日咬死了坡上某人家的猪，昨天夜里又叼走了河川一户人家的羊，还有威胁行人的危险事相继发生，已经闹得人心惶惶。我那时候正在一所民办中学任教，造反伊始便停课闹革命了，学生时来时不来，教师也获得了来去自由。我因被划到"保皇"系列，受到小小的批判，虽然成了什么组织也不参加的逍遥派，却不敢任性，坚守在学校养那只正待产的老母猪（农业中学自力更生办校）。这时几乎心如死灰，却也没有了任何欲望的烦恼，业余爱好文学创作的兴趣早都消亡了，能否继续做一名教师都不敢太乐观。尽管如此，却仍然不敢马虎对老母猪的保护，到坡地上挖来酸枣刺棵子，几乎把猪圈上边纵横交错架满了，料定那两只癫狂的狼也只能徒叹奈何。我真的在猪圈外边的土地上不仅发现了狼的蹄印，还发现了狼拉的粪便，完全可以想见在猪圈外踅摸着又不能得逞施暴的狼猴急的样子，可惜这里没有我家的后门板供它用尻子碰撞的撒野行为，我自安然睡觉。

这年春节过后不久的一天，早晨起来便看到地上落了一层不薄亦不太厚的雪，原也不足为奇。我正洗脸的当儿，突然听到学校背后传来几声响亮的枪声，扔下毛巾便跑到院子里，心里想着武斗虽不新鲜，却还没有动用过枪炮，是不是今日破禁了？跑到院子里往后看去，白鹿原北坡上茫茫一层白雪，蓝天下的白雪地上，有三四个人在缓慢行走，可以辨认出是穿着绿色服装的军人，手里提着枪。起初以为驻军借着难得的雪地演练，随之遇到一位路过学校的熟人说，解放军为民除害，打死了那两只呈疯狂状态作恶多端的狼。我当下便有欢呼的欲望，表现出来却是脱口而出的一句"这下好嘞"的话。

我的家乡有一所军事性质的高校，就在白鹿原北坡一个很大的深洼里。据说是经过反复论证，这是一方最可隐蔽的好地方，便把军校设置在这里。军校有警卫连，常常做许多爱民的善事，在当地群众中口碑甚好。他们肯定听到乡民被那两只癫狂的狼危害的议论，便决定为民除害。难得这一场雪，再狡猾的狼也无法消除行走留下的蹄印。战士便循着狼的蹄印，在白鹿原北坡的沟梁坡坎之间追踪发现了两只狼，先打死一只，再追着逃脱的另一只，又打死了。我听到的那几声枪响，就是射击逃到学校背后坡沟里的那只狼时发生的。

　　眼看着战士们从坡坎上走下来，从学校门前的公路上经过。我站在路边等着，看见两个战士用步枪抬着一只狼，另两个战士跟在左右，侍候着换肩。那只狼的皮毛上染着血，刚刚结束它癫狂的生命。狼头耷拉着蹭着地皮，舌头伸到长嘴外边。我不自觉地留心看了看狼的皮毛的颜色，灰黄色，只是比我10年前上学路上碰到的那两只狼的灰色偏重一点，感觉却相去甚远，那两只狼在熹微的晨光里嬉闹，尽情撒着欢，眼下看到的却是被枪击致死的一具狼尸。

　　这是我的家乡灞河川道白鹿原坡地最后的两只狼，死在解放军战士的枪口下。40多年过去，这方有原有坡有河有川的颇为适宜野生兽类生存的地方，却再也没有发现过狼的行踪。

　　在濒临灭绝的动物名单中，似乎还没有列入狼，可见狼的生命力之强。然而，就我眼见的关中平原地区，自不必说，单是渭北高原乃至毛乌素沙漠，10余年间已经变得铁路、公路和高速公路纵横交错形成网状体系，火车奔驰汽车穿梭，狼们便失去了任性撒野随性作恶的自由空间，迁徙到更僻远也更阔大的荒野地带去了。可以想见狼的数量在减少，比不得上世纪50年代随处都有狼的蹄印的现象了，却远远不到濒临灭绝的危机状态。我又想到，有些濒临灭绝的动物，除了生存环境恶化等因素外，很重要一条是这些动物自身所具备的商品价值，被那些生财无道挣钱无门的人盯住，或捕捉或猎杀，偷换几张钞票。譬如老虎，虎皮虎骨乃至虎血，都是任人随意张口要价的昂贵之物。狼的皮毛不值几个钱，狼的骨头亦无保健的药用功能，内脏无疑属于废物。即使作为动物的一个品种，狼在动物园里，其形象也缺失观赏趣味，甚至连狐狸的毛色也不及。狼是以凶残而造成深远影响的。如果不是它对人类和家畜危害太过太烈，一般情况下，人是不会和狼计较的，也懒得费劲劳神去捕杀它。同样可以对比的是狐狸，不在乎它天性就喜欢偷鸡，可见人的宽容；人之所以捕杀狐狸，诱因全在它那一身珍贵的皮毛，狐皮做褥不仅色彩漂亮，而且特别暖和，尤其是它的尾毛，是中国传统的书写工具毛笔的绝佳用料。狼与狐狸是连一点优势都比不出的，且不说虎。

时不时地从媒体上得知老虎生存的危机，便引发担心；获知仅剩几只的朱鹮，经持续多年的精心救助和保护，已经繁衍到一千余只的颇为壮观的族群，完全脱离灭绝的危情，我甚为欣慰，那鸟儿实在太漂亮了；无论狼是否会灭绝，我却怎么也操不上心来。平心而论，我和狼没有构成成见的因由，尽管它曾经用尻子撞碰过我家的后门门板，却不过是猴急的无奈的举动罢了，没有对家养的猪造成伤害；尽管上学的路上遇见过两只狼，因为身边站着如山的父亲，我也没有受到威胁，倒是看到戏闹着的狼的可爱的一面。在我生存的白鹿原下灞河川道，40年不见狼的声息和踪迹，似乎也没有听到过一声惋惜或遗憾。

我相信狼不会绝种，少几只就少几只吧；也希望狼不要灭绝，它毕竟是野生动物之一种，是造化赋予世界的一种生命形态，无论其可恶或可爱与否。

原载《江南》2010年第4期

小小姑娘

虹 影

大姐从农村回来

搬运工人扛着装玉米黄豆豌豆的麻袋，从江边货船上走下来，重重地摔在缆车上。缆车装满了，开到二百米远的坡上，有些豆子从麻袋的线缝中滚落出来，掉在铁轨边或两旁的石块中。有时会沿途天女散花一般。那早已守候在铁轨两边的小孩们会蜂拥而上，抢豆子。

我和五哥拿着竹箕，蹲在靠近粮食仓库门的缆车边，不敢与那些孩子争抢。我们在缆车另一侧，眼如针尖似的搜寻掉下的豆子。心里担心开缆车的工人随时来把我们赶走，更担心缆车突然开动。

忽然我抬头，一个挺着大肚子的孕妇靠在桥旁瓦石阶上休息，边上搁着背篓。仔细一看，那孕妇是我在乡下插队的大姐。

五哥也看到了，朝她跑去。

大姐喘着气，用一条手绢擦脸上的汗。五哥走到她跟前将背篓背在背上，两人抄小路朝山腰上走去。我跟在他们身后。大姐大着肚子，头发变少，扎着两根短辫子，没留刘海，脸晒得黑黑的。

那天是周六，晚上母亲回家。两人关起门来，很神秘。我悄悄贴在门前偷听。大姐竟然在和母亲吵架，骂母亲过分关心她："大表哥不是你叫他来找我的吗？"

"我是叫你表哥到巫山去看你。你要跟他结婚，该跟我们当父母的说。你们是表亲啊，不能结婚，结婚生孩子更不行。"

"哼，我自己的事自己做主。"大姐明显理不直了，声调减弱。

她草草与在部队上当连长的大表哥，就在下乡当知青的巫山县城旅馆里结了婚，一直不让大表哥写信告诉两边的家人。

我听得专注，不知身后站了好些爱热闹看是非的邻居。

"走开，走开！"三哥像个凶神一样赶人。他们离开了，不过仍是留着耳朵都专心地听。

三哥把我也赶走。可是难不倒我，我跑到阁楼上，贴在薄地板上听楼下动静。

母亲说："你得听我这一次。你得想想在农村当知青是什么情形，怎么会考虑怀孩子？"

大姐说："我偏要怀孩子，神仙也管不着。"

母亲不说话了。大姐口沫飞溅地撒泼说，这是她的权利和自由，突然哭了起来，说她不想要孩子，她才不要孩子，可是孩子自己跑到她肚子里。之前母亲一心想不要她在这个家里，想把她赶走，甚至她下户口去巫山农村，也不使劲阻挡，这么多年来不管她死活，到现在才来冒充慈母，她说她恨这个家，恨母亲。

母亲心早软了："有话好好说，哭啥子，把胎儿哭坏了，倒霉的是你自己！"

"假关心算啥子人啰。"大姐哭得更厉害了，"反正我们这种人也不算人，娃儿生下来也想不到这个穷命、苦命。"大姐怪母亲把她从袍哥头子家里抱走，所以，让她命从此糟糕。

母亲说："大丫头，你终于说出这句话来，我晓得就是为这个，你恨我。难道你报复我还不够吗？"她几乎声泪俱下。

母亲伤心的面容，如烙铁，刻印在我幼小的心上，怎么挥也挥不走。

我心里难过得想哭。怕人看见，就走下楼，到院门外。父亲拿着烟杆一个人蹲在昏黄黑色的路灯下，背靠电线杆，抽烟。我走到父亲跟前，悄无声息地蹲在他的边上。

二姐从学校回来

二姐从四公里外的师范学校步行回来，天色已晚。她在天井里摸黑用凉水洗脸，之后用盆里的水洗凉鞋上的灰土。

她用开水泡饭，夹了泡菜，香香地吃了，喝了一大杯水。才算缓过劲。母亲在催她快熄灯去睡觉。

二姐出了楼下房间，经过堂屋，走上阁楼。

我和大姐睡正对着门的床上，四姐睡另一个床上。大姐坐在床上生闷气，脸拉得很长。

二姐问大姐，大姐就放鞭炮似的说个不停，全是诉说母亲如何不对，如何不管她死活。"我怀肚子里这孩子，其实也是赌气，我就是要让妈妈不高兴，就是要给她出难题。她这个妈，之前也太容易当了。我叫她一声妈，她就得负这个责。"

二姐不让她往下说："不要说了，你太不理解妈妈了！"

大姐吼叫起来："哎哟，妈妈的小棉袄真是懂事，我以为这回不帮妈妈说话，结果还是一样。"

二姐站在屋中央，说不是她帮母亲说话，大姐卫校都快毕业了，千不该万不该，不应去看什么破电影《朝阳沟》，看得热血沸腾，背着母亲，拿了家里户口簿，跑去报名到巫山农村当知青。以为那里跟电影里一模一样？母亲知道了，疯了似的追出门，跟着大姐跑到街委会，母亲迟了几分钟，大姐已到派出所要下户口办手续。母亲追到那儿，不让大姐下户口。大姐在户籍员面前骂母亲思想落后，拖她的后腿，不支持革命。结果母亲被户籍员狠批了一顿，要母亲好好学大姐。结果呢，她一去巫山，当天晚上就后悔了。她一旦后悔，就什么都看不惯。她在一个穷山沟里受够了罪，想办法跳出来。可是，那地方那么苦，大姐还怀孕了，大着肚子跑回重庆。"大姐呀，我说你聪明，你比谁都聪明，说你傻呢，你比谁都傻。有了孩子，你还能出那鬼地方吗？"

"出不来就出不来。"大姐大声回答。因为没有盖被子，她的大肚子露出来，因为嫌不舒服，便把双腿换了一个姿势，转过不方便的身体，面对二姐。

"现在你回家来生孩子，还要在家里作威作福。"

"你话说得太不客气了。实话说吧，别以为我是看了电影《朝阳沟》，才对巫山农村抱幻想的，那才不是呢，我不想在这陈家，我就是想找一个机会和出路离开陈家。"

"陈家对你有哪点不好？"二姐在床边坐了下来，异常生气。她比大姐小三岁，却像这个家的大姐似的。她帮着父母操持这个家，甚至每个月无论多么拮据还给大姐汇五元钱去。

母亲在楼下房间听见两个女儿争吵，她走到堂屋，打断她们："不要争了，养儿养女图个啥？大姑娘你马上就要当妈了，你会晓得是啥滋味！"

阁楼清静了。二姐走到对面床上脱衣躺下。

天窗在风中吱嘎作响。

"天窗啷个没有关严？"大姐抱怨地说，拍了一下床边，明显是想别人去关上。

二姐和四姐躺在对面床上，没动静，也许她们都睡着了。

我从大姐的脚那边爬起来。大姐眼睛半睁半闭的样子，扫在我身上，她看我的样子，很不经意，却充满了说不出来的一种意思。

我跳到地板上，爬上可移动的木梯。风从天窗朝我衣服里钻，凉飕飕的，我打了个激灵。我紧紧抓着天窗框子，外面是漆黑的夜，没有一颗星星，更没有月亮。

大姐在喊："哎，关好窗就赶快下来！"

我正要关上窗，面前突然出现两团发光的东西，吓得我身体一哆嗦，几乎松开手，掉下梯子。我站稳了，才去细看，原来是一只猫，蹲在天窗瓦片上一动不动。

我赶快把两扇木窗关上，插上插销。

我不是耗子，不该怕猫怕黑夜。可我承认我怕，尤其怕围绕在家里的那种说不出来的阴影，尤其是从每个人身上传递出来的不喜欢我的感觉。

回到床上，大姐让我不要挨着她。她怕我睡着后，管不住自己的两脚，会蹬着她肚子里的胎儿。这本来就不是一张宽床，于是，我只好盖好被子，侧着身子，靠在冰凉的土墙上。

我生病了

阁楼的木门被人轻轻推开了，我觉得那个头戴钢盔拿着钢钎的人是三哥，他站在我的面前吼道："杂菜快起来！"

他手里的钢钎上沾着血，那是我的血，我爬过盖着一层被子隆起肚子的大姐，战战兢兢地爬起。结果我被三哥一脚踢在地板上，我在地板上翻滚，吭也未吭一声。

他手中的钢钎，很像楼下屋门后那根钢钎。他参加全国大串联，去了北京接受伟大领袖接见，他带回钢钎，说是他的战利品。

父亲在堂屋下发出我从未听见的笑声："哈，哈，哈。"我吓得毛骨悚然。

于是我朝房门口跑，三步并作两步往通向堂屋的长梯奔去。两个身体腾空而起，想飞下楼梯。我下了堂屋，穿过腐臭难闻的天井。身后传来远不止一个人的脚步声。我朝院子的大门跑去，可是那门是两道左右对插的门闩，紧紧闩上。我够不着门闩，着急得浑身流出大汗。这时，我的头被一只手挤转过来。

"打死她，打死她"的喊声响成一片。

"看你往哪里逃，这么小丁点，就不得了。"三哥把钢钎往我胸口插来，我倒在了地上，死了过去。

母亲在叫我名字，是的，不错，是母亲的声音。我的意识慢慢回到身上。母亲在说："怎么搞的，发烧了。"

她的手从我的额头移开，她的呼吸急促，嗓音里有刺卡着，说得很不畅快，还添了焦急："赶快做得什么东西，给她喂喂，摸上去烫成火球了。"

我很想她的手就放在那儿，柔软又清凉。"不行，叫你们做，能做好？得了，我自己去做。"

听着她出门下楼的声音，我心中充满了失望和哀伤。"不，妈妈，我不要你走。"我心里如此叫唤，嘴里只会说出"不，不"这样的字来。声音轻弱，母亲听不到。

父亲刚出院门，就被一群穿着绿服戴红袖章的人推倒在地，要他老实交代。父亲问，交代什么？

戴红袖章的人说，每个人都有秘密，得一五一十坦白出来。

我过去把父亲扶起来。四姐走过来把我扯开，骂我，还脱下臭布鞋朝我砸来。

我醒了，原来是个梦。母亲把一个湿毛巾放在我额头。

经过了一天一夜，我还是未退烧。母亲只好叫三哥把我背到区联合诊所打针。为了我，母亲破例未去上班，抓了草药在家里煮药。

二姐回师范学校去了，夏天似乎从这天开始，空气里弥漫着草药奇怪的香味。每年夏天始到涨水季节，造船厂都是最忙的时候，母亲周日晚走山路回白沙陀造船厂。她是搬运工。周六才回家来，回来也很少和我说话。有一天时间为了我而忙着，着实少见。她不时上楼来照顾我，给我喂熬的绿豆汁和草药汤。

我心里暖和。躺在床上两天，我身体好多了。母亲也去上班了。我和四姐一人睡一床，夜里我们不必担心彼此撞着脚了。

下午太阳未偏西，我听见楼下屋子里进出脚步声不断，说是滑杠抬回来，又听见人在向父亲祝贺他当外公了。

我迅速到门外，看到我的大姐头上围了条毛巾，胸前抱了个小娃娃。她从接生站回来，她抱着小娃娃上阁楼，在我的床上躺下。

四姐在堂屋对我说："不要再装病了，还不下楼来做事去。"

大姐坐月子

父亲坐在堂屋的木凳子上，查着一本旧旧的《康熙字典》。他要给大姐的孩子取名字。我父亲是个传统男人，也是个不传统的男人。为什么呢？传统在于他的外孙，是个女孩，不能按祖上排辈分的名字取，不传统呢，大姐生个女孩，他一样疼爱，甚至比生一个男孩更让他高兴。

父亲翻了半天字典，再三琢磨，才给这新出生的女娃娃取好名字——玲珺。既像玉，碰击的好听的声音，又像琉璃一样的美。跟我表哥姓，也就是和母亲同一个唐姓。

小娃娃的哭声尖而脆，我不喜欢。她像知道我不喜欢，故意使劲哭，哭声切割我的大脑，本来，我在这个家是最不受人关心注意的人，有了这个小娃娃后，我就完全不存在了。

因为天气变热，担心小娃娃生痱子，不久就与大姐分开睡，睡在家里的小竹床上。她一见我，如同天敌，就开哭，不到听到父亲或是大姐四姐训斥我，她不会停止。

四姐上阁楼来，对大姐说："妈妈叫你戴上头巾，怎么没戴?"

大姐说母亲管不着她，她才不信坐月子头不能吹风。她指着床前方凳子上的汤，要四姐喝。

"不喝，我怕得很。"四姐说。

"喝头胎胎盘汤最补人，傻得很!"

大姐说她专门给接生站的医生说了不少好听的话，把她女儿的胞衣留下的，否则别想搞着这种好东西，哪怕是自己身上长的。

大姐递过来汤碗。

四姐推开说："你在卫校学过，怎么信吃胎盘?"

"正因为我是学医的，我才知道这是最营养的东西。来，六妹，尝尝。"

我接过碗来，汤飘着一种香气，还有一股说不出来的腥味，我的胃直翻，想呕吐。于是我放下碗。

"你看，这事我都没让妈妈知道，她会反对的，一定会说，人身上的东西怎么可吃?"大姐转向四姐："你帮我清洗，加酒加姜，悄悄炖，你真是我的好妹妹。"

四姐说："快点喝，不然味大。"

四姐根本不用关照大姐，胎盘的腥味随着汤变凉增浓。大姐不管，她用手捂住鼻子，一口气将剩下的半碗汤倒进肚子里。我真佩服她。

母亲为了大姐坐月子能吃老母鸡和鸡蛋，晚上加班抬氧气瓶，像一个男人一样卖命地干活。夜里她回到集体宿舍，随便将瓷缸里的冷饭，泡开水和着咸菜吃完，往床上一倒，沉沉地睡去。

为了省事，母亲的头发剪得短短的，本来椭圆的脸变得日渐瘦削。两件亚麻布衣服，洗得发蓝，轮换着穿。她的身体散发出一种香味，那么劳动，却几乎闻不到汗臭。

我五岁前后记得最牢的事，就是大姐吃胎盘和母亲好闻的气味。大姐的女儿以哭声对我表示不喜欢，我就到江边，坐在江边的石梯上，看江上的船。淡淡的晚雾中，一艘两艘船驶过，也许下一艘，母亲就在里面。我真想快快地扑进她温暖的怀里，像别人家的孩子那样，得到母亲的抚摸和亲吻。

妈妈会的，总有一天她不会像现在那么冷淡我，远离我。

两束白菊花

大姐夫来了，带着大姐和女儿去忠县农村看自家父亲。

他们走后不久，江上起洪水了，比着劲儿往上涨。

父亲说，打他从浙江来重庆这几十年，就从未见过如此凶猛的洪水。长江和嘉陵江汇合处的呼归石全淹在水里。洪水在一夜之间涨到八号院子下面的粮食仓库门前。江上浮着上游漂来的树木、家具、死人、死猫、死老鼠和衣服，也有半截木屋浮在水面上。

那段时间人心惶惶，大家都跑到八号院子前的岩石上看江，生怕长江继续涨水。

我晚上做梦，梦见人们在奔跑，江水把我卷走，我大叫救命。

没人过来救我。

我沉到江底，变成一条鱼。

有一条龙追我，要吃了我。我大叫着醒不来。当然天一亮，院子里就没有清静，我醒来。可是晚上又做变成鱼的梦。有一天龙追我时，我急中生智，冒出水面，发现水已退。于是，龙也不追我了。

起床后，我第一件事就是跑出院子，到八号院子前去看江水。真的，江水退了。

所有的人都欢叫起来。

可是二姐一个人在阁楼里哭。二姐要回学校参加派性，母亲坚决反对。门被母亲反锁，母亲说："你啥时想开了，就叫我一声，我给你饭吃。"

二姐把一段毛主席语录抛过来，打机关枪一般快："革命不是请客吃饭，不是做文章，不是绘画绣花，不能那样雅致，那样从容不迫，文质彬彬，那样温良恭俭让。革命是暴动，是一个阶级推翻一个阶级的暴烈的行动。"二姐说，"文化大革命"的希望就寄托在他们这样的年轻人的身上。

母亲听完，摇摇头，什么也没说，下楼了。

不知是三哥还是四姐悄悄帮二姐开了门。二姐跑回师范学校。

那是1967年，重庆两江三岸武斗越来越厉害，惨案不时传来，搞得院子大门天不黑就关上。每家每户把菜刀和铁棍藏在自家门后和床下，以备不测。

二姐走了一周，母亲不放心，便到师范学校找二姐。费了一番周折，母亲找到二姐，她正在新垒起的两堆坟前跪着，坟前分别有一束白菊花，白得吓人，映得二姐那张脸像鬼。

一向小心翼翼的二姐，被两个男同学追求，二姐呢，并未答应他们中间的任何一个。他们本来是两个好朋友，却由情敌成为敌人，分别为"八一五战斗兵团"和"保卫毛主席革命到底兵团"的小头目。文斗不如武斗，革命升级了，山坳中发生武斗，两派的红卫兵，二姐的两个男同学，跟外国小说里的决斗者一样，各自丢下身后围着自己的人马，举起了手中的枪，朝对方走过去。枪响了，一个倒下了，另一个倒下了。两个趴在地上，又朝对方再次扣动扳机，射向对方。

结果两人都死了，只有几分钟时间。两边的人都傻了，不知该怎么办。

二姐正在操场旁的女生宿舍里写革命标语，完全不知道操场墙外发生的事。第一下枪声响，她觉得不对劲，便奔向窗口。她看见那两个男同学举枪射向对方，倒在地上。他们射第二次时，她大叫："停住！"谁也不听她的话。血流了一地，他们的脸都干净，一丝血也没有，安详极了。二姐发出一声绝望的叫声，爬上窗子，想往外跳。当然被人拉住了。

我母亲对跪在两个坟中间的二姐低声哀求："回家吧，二妹。"

二姐没听见，眼睛直直地瞪着前方的两束白菊花。过了好久，她才抬起脸来，对母亲说："妈妈带我回家吧。"

之后，二姐不再参加任何派性，她躲在宿舍里读外国小说，绣花和练毛笔字。她不仅是学校，也是我们家写字最体面最有章有法的人。

原载《作家》2011年第7期

十年琐记

张　炜

─────────

油印刊物

　　我的初中是在胶东半岛上的一处联合中学度过的。今天来看，她的自然环境非常之好：地处海滨，在一片果园的包围之中，校舍是一排排红砖瓦房，被大片绿树掩映，连阔大的操场也罩在了林子里。这里的春夏秋冬四个季节都给人留下难忘的印象：春天是密密的苹果花和李子花，是一群群的蜂蝶和小鸟；夏天有流经园里的河渠、不远处的大海，让我们在水里玩得尽兴；秋天果实累累，园径上花丛盛开，花果把人簇拥起来；冬天有遗落枝头的冻果，有高高的雪岭……总之这是一座再好也没有的校园了，她真该与美好的少年时代连接在一起，成为一生难得的回忆。

　　可实际情形却有些复杂：关于她的一切，有时让我深深地沉迷，有时又不忍回眸。那时候我们并没有多少时间来享受大自然的慷慨赐予，因为当时已经找不到一个安静的角落了，就连这个绿荫匝地的校园也不能幸免：到处都是造反的呼声，是涌来荡去的各种群众组织。我的同学全都来自附近的几个村庄、国营园艺场和矿区，大家操着不同的口音，这会儿却在呼喊着同一些话语。老师和同学们除了要写大字报、参加没完没了的游行和批斗会，还要不断地接待从外地赶来串联的一队队红卫兵。后来形势发展得更加严重：我们校园内部也要找出一两个反动的老师和学生，并且也要开他们的批斗会。于是，校园里到处都是大字报，是一双双紧张兴奋的眼睛。

校外的批斗大会常常要到我们学校来举行，这既是为了让我们接受难得的教育机会，同时也因为这里有个大操场，地方宽敞。在最紧张的日子里，我们根本不能上课，因为除了批斗会，还有老贫农的忆苦会、老红军的报告会以及"活学活用"积极分子的"讲用会"等等。剩下的一点时间就是自己折腾：写大字报、相互揭发。那是一个热火朝天意气风发的时代，一个少数人特别痛苦、大多数人十分兴奋的时代。可惜我就是这少数人中的一员，这是我最大的不幸与哀伤。

父亲当年正蒙受冤案，所以我似乎从一开始就成为难得的另类角色。校园内一度贴满了关于我、我们一家的大字报。我不敢迎视老师和同学的目光，因为这些目光里有说不尽的内容。校长是一个热爱文学的人，他对词汇特别敏感，即便是从一张张严厉的大字报中，也仍然能寻到一些好句子。我至今记得他盯着墙壁的模样：一手端着一个红色墨水瓶，一手捏着一支毛笔，头颅前倾，不停地戳戳眼镜，然后往墙上那些大字报上画一道道红线……同学们聚在一处欣赏美妙句子的时候，也正是我心碎的一刻。

学校师生已经不止一次参加过我父亲的批斗会。当时我要和大家一起排着队，在红旗的指引下赶往会场，一起呼着口号。如林的手臂令人心颤。但最可怕的还不是会场上的情形，而是这之后大家的谈论，是漫长的会后效应：各种目光各种议论、突如其来的侮辱。我记得那时常常独自走开，待在树下，想得最多的一个问题就是：怎样快些死去，不那么痛苦地离开这个人世？

我恨校长也爱校长——最后竟长久地感激起这个人。他酷爱文学，最终在校内办起了一份油印文学刊物，取名《山花》。它装订得极为齐整考究。全校只有校长的蜡版字最好，所以每个字都要由他亲手刻下，它们工整得简直就像铅字一样。校长是一个完美主义者，他绝不容许自己的制作有一丝瑕疵，以至于题图、插图全要自己动手，直弄得无一不精，整本刊物美轮美奂。校长号召全体师生都为刊物写稿，并且没有忘记鼓励我。这使我受宠若惊。

我写下的东西刊在了显要的位置上，校长当众赞扬了我。

这对我来说可是了不起的经历。许久许久以后，它又将和那些可怕的屈辱掺在一起，让我既难以掰开又难以忘怀。

我们家孤单单地住在一片林子中，只要没有外人打扰，就会有自己稍稍不同的生活：每日忙过一天，夜晚享受安谧。如果是漫长的冬夜，家里人就会找出一本书来读。听书，成为我当时最大的乐趣。所以很长时间以来，我每天最盼望的就是夜晚快快降临。如果是大雪封地不能出门时，外祖母就点起火盆，再把一张小桌搬到炕上，和母亲一起描花，画些什么。她们做得最好看的就是一种梅花，那是用高粱秸秆的内瓤做成的一朵朵梅花，插满了一株酸枣棵或荆棘——这就成了一树刚刚绽开的腊梅。

除了在家听书，就是想方设法从一切地方找书来看。那时有些书是藏起来的，很不容易找到；有些书是竖排繁体字，拿到手里也读不懂。但强烈的好奇心还是吸引着我，让我磕磕绊绊地一路读下去。记得那些翻译作品和古典文学，就是在这样的情形之下吞食的。这也是我能出人意料地写出一些与大多数同学不同的句子、博得校长赞誉的重要原因。

我们的油印刊物出了好几期。这个事情极大地吸引了校长和部分同学老师，让他们欲罢不能。而在我看来，她就像空气和水一样不可或缺。我会在一个没人的地方长时间与这本油印刊物待在一起，嗅着她的香气，不止一次把她贴到了脸上。

校长热爱他的刊物，于是就一块儿喜欢起那些能够襄助这个事业的人。我开始受到他的祖护和帮助。文学可以让人在一定程度上免遭苦难，这是我在那个年代里稍稍惊讶的一个发现。

杀　狗

由于我们一家独居丛林的缘故，我的童年比较起来是极其孤单的——或者也可以说是最不寂寞的。因为我可以有更多的时间接触一些动物，在无边的林子里玩耍。而那时的人群在我眼里常常是可怕的，他们当中的一部分有多么不善甚至恶毒，我是充分领教过的。

除了在野外看到一些动物，比如各种鸟雀和四蹄小兽之类，再就是养一只狗和猫了。林野中的动物虽然种类繁多，却不能够随意亲近。它们无论如何还是不能相信有人会对其友善，总是充满了警醒和提防。这在动物来说当然是完全没有错的，只是让我感受了极大的委屈。因为我知道自己是多么需要它们的友谊，并且永远不会背弃和伤害它们。可惜这种想法无法表达，我们之间没有通用的语言。但好在我的这种遗憾在很大程度上由猫和狗给弥补了。它们可以与我依偎，相互之间久久注视。它们甚至能够确凿无疑地听懂我的一些话。

我们那时对于猫和狗是家庭成员这种认识，绝没有一点点怀疑和难为情。因为我们一家人与之朝夕相处，我们从它们身上感受到的忠诚和热情、那种难以言喻的热烈而纯洁的情感，是从人群当中很少获得的。就我自己来说，当我从学校的批斗会上无声地溜回林子里时，当我除了想到死亡不再去想其他的时候，给我安慰最大的就是猫和狗了。它们看着我，会一动不动地怔上一会儿，然后紧紧地挨住我的身体。

猫和狗的眼睛在我看来有无尽的内容。这是神灵从陌生的世界里开向我的两扇窗子。它们没有对我发声，可是我真的听到了也看到了。于是我常常就对它们诉说起来，说个不停。它们倾听的样子是我一生都不能忘记的。我认定了它们的纯良，世上的任何人伤害它们，在我看来都是最为残忍的行为。

也就是在那样的时期，巨大的灾难突然降临了：上边传来了打狗令。一开始是附近村子里的孩子在说，几天后竟然得到了证实。母亲和外祖母的脸色变了。她们都不敢看我，就像我不敢看她们一样。

显然，这是我和我们全家无论如何都过不去的一道坎。以这样的方式失去一位情同手足的伙伴，对我来说等于临近了世界末日。它看着我，又看看全家人，泪水盈眶。它的聪慧使其预先感知了一个残酷的结局。

打狗令规定：养狗的人家必须在接到命令的第二天自行解决，如果超过期限，就由民兵来办这件事。

母亲和外祖母躲到一边去商量什么。我知道她们什么办法也不会有。我在她们走开的一会儿却打定了一个主意：领上我们的狗远远离去。去哪里？不知道。去一个能够让狗活下去的世界。天底下一定会有这样的地方吧，那儿不论多么遥远，我都要找到它。这个决心比铁还硬，竟使我一时忘了其他，丝毫也不去想家里人会怎样发疯地找我。我只想和我的狗在一起，只想让它活下来。

我领上狗走开，进了林子。似乎只彼此交换了一个眼神，我们就溜开了。我在前边跑，它就紧紧相跟。这是一条逃命之路，它当然完全知道。我跑得很快，只偶尔回头看它一眼。它不像往常那样时不时地跑到前头，而是一直跟在后边。它越来越不愿跟上来，这种情况以前是从未有过的。我发现已经接近了一条河流，这条河离我们的住处仅有三公里，可感觉上河的对岸就是外乡了。

一丛丛绿色掩着它的身影。我再次回头时竟没有找到它。我呼唤了一声,没有回应。我慌了。它会迷路吗?它又为什么不再跟从?答案只有一个,即它留恋着丛林中的茅屋,认定那儿才是它的家。它终于察觉了我们这次走得太远了,尽管这是一次逃命之旅。

我紧咬嘴唇。回返的路上,我在心里一直呼唤着它。可我并没有喊出声音来。因为我明白,它从很远的地方听到我的脚步声,就足可以辨别了。它不愿转来,那是因为它已经打定了回到茅屋的主意。

可是家里仍然没有它的身影。母亲和外祖母定定地望向我。后来是外祖母先开了口,问我们刚才去了哪里,我没有回答,只在屋里屋外大声呼喊起来。没有任何回应。

天黑下来,离我们茅屋不太远的那个小村里传来了一阵阵狗叫声。那是让我心惊胆战的声音。

母亲说:民兵等不及了,他们提前去了那个村子。

果然,从天黑到黎明,林子外面的狗吠声再也没有停止。一夜之间,不知有几拨民兵拥到林子里来,他们背着枪,厉声追问我们的狗哪里去了,当然不知道。我只希望它长上了翅膀。

一连多少天,我都能闻到空气中的血腥气。我所遇到的每一个人,他们不论是到林子里干什么的,脸上都有一股杀气。他们不问自答地叙说着耳闻目睹:不远的那个小村里,不知谁家动手杀死了自家的一条狗,接着全村的狗就乱起来。它们只要是没有拴起的,就蹿到了村头,然后会合一起向林子深处跑去。也就在这时候,得到消息的民兵就扛着枪棍包抄过去,最后将一群狗围在了林子边上的一个小沙岗上……

我突然想到它就在它们之间。

事实果真如此。不久小村里的人证实:当各家去寻领自己被打死的狗时,唯有一条狗是没有主人的。民兵收走了它。他们描述了它的皮毛花纹。是的,确凿无疑。

它在逃离中会入了同类。它在最需要我的时候离开了，是出于一种毅然自决的勇气，还是对我们全家的怜悯？这个问题让我一直费解。

记忆中，每隔三两年就要传下一次打狗令。它总是让人毫无准备，突然而至。每一次骇人的消息都不必怀疑，因为谁都能嗅到空气中的血腥味，同时感到空气在打战。

民　兵

当年有一个最吓人的字眼，就是"民兵"。这两个字意味着颤抖和眼泪、大气不出的死寂。与它连在一起的，还有这样的意象：呵气成冰的严冬，绳子和枪，生锈的刀。一些搞枪扛棍的人在村头巷尾、在村路上走动，个别人还穿了一件黄色上衣。这就是民兵。谁家孩子哭了，家里大人会吓唬他说：民兵来了！

其实不仅是孩子，大多数村民也害怕民兵。这些人被赋予了特别的权力，是当地管理者的武装。他们分为一般的民兵和常驻民兵，所谓"常驻"就是一天到晚宿在民兵连部的一伙，轮流值夜，每人都有武器。能担当这样角色的，都是村里最野蛮最悍勇的青年男女，也是村子中的特殊阶层。他们虽然是农家子弟，但地位较高，令一般农村青年羡慕不已。他们不仅可以脱离田间劳动，而且可以有较好的食物：夜间巡逻时总会弄来各种吃物，一只鸡或一条鱼，再不就是一头小猪或一条狗。民兵连部里总是飘出一阵阵酒肉香味。最让人畏惧的还是他们的声势：大声呵斥村里人；见了"地富反坏右"及其他，可以随意踢打辱骂。

民兵喜欢穿白球鞋，旧军衣，背一杆刺刀生锈的三八大盖儿。

凭这三件，就是横行乡间的不败法宝。他们走路趾高气扬，说话粗声辣气，不带脏字不说话。村里的头儿走到哪里，身后常常就跟了一群民兵。夜间村头最爱去的地方就是民兵连部，最喜欢的就是这里的一溜地铺，铺上有一排叠得有角有棱的被子。墙上则挂了一支支早就退役的老式步枪。偶尔会有一挺转盘机关枪，当然也是退役的废品，要在几个村子里轮换使用。这种枪在村里人看来简直就是神秘的物件，威力无限，其震慑力完全比得上一艘航空母舰。它有两只腿、一个圆圆的锅饼似的转盘，长相怪异。在巡逻时，民兵一定要把这挺机关枪带出来。它的出现，即代表了无可比拟的权威和力量。

那个年代里没有任何人奢望过违犯和抵抗。

"枪杆子里面出政权"的道理妇孺皆知。虽然从来没有见过转盘机枪打响过，但都能想象出它愤怒的模样：子弹横扫密集如雨，人群像秋风下的落叶一样唰唰扑地。如果谁还想好好活着，那就得老老实实低头干活。最为胆战心惊的当然就是"地富反坏"一伙了。这些人心里总有一个大惧，就是说不定哪一天会把他们连根除了。因为这有真实的例子，远一点的是20世纪40年代末，近一点的就在几年前，有的地方做得非常彻底：把他们从老到少一并除掉。他们明白，上边的人之所以到现在还在犹豫，那不过是在考虑这部分人的特别用途——如果他们不在了，那么村子里就没法进行一些大事，要开斗争大会连个捆绑的坏人都找不到。所以他们知道自己还会留下来，至于留多久，那就说不准了。

常驻民兵的待遇优厚，是大有原因的。这些人除了根红苗正，最要紧的还要格外忠诚，忠诚于村头。更要勇敢，要一不怕苦二不怕死。在执行打狗令的时候，他们为了逮住一条逃逸的狗，能够在一条又湿又脏的泥沟里潜伏通宵，只紧紧搂住一杆步枪，一动不动直到天亮。有的民兵为了表示大义灭亲的勇气，在自己父亲与村头发生哪怕最轻微的冲突时，也要冲上前去打老人的耳光。还有一个小伙子与邻村斗殴，为了镇住对方，竟然抄起刀子砍去了自己的小拇指，而且面不改色。

我真的看到有一个缺少半截小拇指的民兵，所以我从来不曾怀疑这批人是特殊材料制成的。

他们有一段时间对我们的小茅屋特别留意，时常背枪光顾。深夜时分，我仍然可以听到他们在屋后溜达的脚步声。他们咳嗽，抽烟，压低嗓门说话。外祖母和我睡在一起，她要时不时地把坐起来倾听的我按回被窝里。

当时父亲正从南山的苦役地回来，这使民兵们格外忙碌起来。他们除了要没白没黑地监视他之外，还要隔三差五地进门审讯一番，展示一下自己的口才。他们进门后就让父亲立正站好，然后开始高一声低一声地审问。他们问的所有问题都没有什么实际内容，因为问来问去就是那么几句：是否有生人来过，近来有什么不法行为，等等。这些问题其实由他们自己回答更为合适，因为再也没有比他们更熟悉茅屋里一举一动的人了。这样问了一会儿，连他们自己也觉得无聊，于是就放松下来，说一些俏皮话，相互编出一些古怪的谜语让对方猜。有一次其中的一个说："'八条腿，两个头……'什么动物？"对方大为迷惘，那人就哈哈大笑："连这个都不懂！配猪呢！"

这些民兵更多的时候不是幽默，而是凶相毕露。他们喜怒无常，有时不知为什么就满脸紧张地从外面跑过来，大呼小叫。妈妈和外祖母说：又要开批斗会了。

远远近近的村子，只要开稍大一些的批斗会，就要来押上父亲参加。所不同的是：有时要捆上父亲，有时则不需要。

民兵捆人很在行，他们会想出许多花样。有一个年纪十七八岁的民兵把父亲捆上了，另一个年纪大一点儿的民兵看了看，摇摇头说："不行。"他叼着烟，一边解着父亲身上的绳索一边咕哝，向旁边的人示范。他用膝盖抵住父亲的腿弯，然后将手里的绳子做成一个活扣，只用三根手指轻轻一抽，绳子就给拉得绷紧。

拉网号子

当年最难忘的娱乐，要算是学校宣传队的表演了，这在我们当时看来艺术性极高，甚至是精美绝伦。这一切都是因为一个新来的女教师，是她参加进来的缘故。过去的学校演出队总是匆匆成立，为应付上边的汇演急急应付，完全不成样子。校长擅长文字并爱好文学，可唯独对表演心有余而力不足。好在他会拉胡琴，会化妆。他亲手给一个个学生描出粉红的脸蛋后，然后再退到一旁端量，十分满意。可惜他不会导演，勉强指导出的几个动作十分僵硬。好在这时候女教师来了，这等于是及时雨。

女教师不仅会跳会唱，还会自创节目。她先是从海边渔民生活中取材作歌，然后又从全校挑选出最有潜质的少男少女，细细排练起来。我一开始也在宣传队员的备选名单中，后来因为家庭原因搁浅了。不仅是文艺，即便是加入学校篮球队，也因同样原因遭到了淘汰。

我们学校宣传队在女教师的带领下，简直是无所不能。他们独创的"鱼鼓歌"和"拉网号子"，在汇演中不断拿到奖牌，名声远播。有时他们还可以凭这样的招牌节目，代表整个园艺场、乡镇和矿区，到附近的部队去做拥军表演。

我们最大的享受不是在舞台上听"鱼鼓"和"拉网号子"，而是到大海边上去看真实的"拉大网"，听震天的拉网号子。

除非是海边的人，不然就很难知道什么才是"拉大网"。那时还没有什么机帆船队，也没有其他先进的捕鱼设备，沿海村庄最有威力的捕鱼工具就是一面大网、两只舢板。那大网是用细棉绳织成的，而后又经过猪血浸透，这样不再腐烂，可以下海网鱼了。具体捕鱼过程是：先由舢板载上大网驶进海中，在水中撒成一个大大的弧形，然后就在网的两端拴上粗绠——许多人在沙岸上排成两溜，在巨大的号子声中拉起来。

一个盛大的节日就这样开始了。只要是拉大网的日子，周围村子里的闲人就全围上来了。我们这些初中男生只要一有时间就往海边上跑，去这个最吸引人的地方。那时我们恨不得停课，恨不得一天到晚盯住海上发生的各种奇迹。可偏偏是我们不在的时候，奇迹才会发生。惊人的传说源源不断，一件还未得到证实，另一件又传开了，弄到最后谁也不知道哪一件是真的、哪一件是假的。比如都在盛传这样一件事：有一天半夜里大网靠岸了，结果拉上来一个"人鱼"——它有人一样的脸庞，大眼睛，细细的胳膊，长长的手指——不同的是这手有蹼，身上也像鱼一样，有一层黏液。这个"人鱼"一离水就不停地哭，用带蹼的手搓揉眼睛。他（她）的哭声尖利极了，哭得人心里难受，于是海上老大发个命令，就把他（她）放了。

还有一次，大约是黎明时分，大网靠岸了：网里有一条特大的鱼精。这鱼精浑身黢黑，抵得上四匹马那么大，一离水就散发出逼人的酒气和腥气。它被拉上来的时候，还在呼呼大睡呢。当时所有人既惊吓又庆幸，说这一下等于逮住了多少鱼啊！有人主张趁它还没有苏醒赶紧动刀杀了，可以将肉一块块卖掉。可这事最终也还是被海上老大给阻止了。他认为海里精灵绝对不可招惹，任何不慎都会招来灭顶之灾。不仅要放它回海，还要口中不停地念叨，求它原谅拉鱼人的莽撞，不小心打搅了老人家睡眠，等等。

据海边人说，拉大网的最好时间不是整个白天，而是两个特别难得的时段：夜网和黎明网。他们说海里的鱼也像人一样，有个晚上打瞌睡、早上起不来的毛病——正在它们迷糊时，大网将其一下套住，再想逃也就来不及了。

夜晚是海边最热闹的时候。这里火把映得到处一片通明，人潮汹涌，真不知是从哪儿来了这么多的人。海上老大阴沉的面孔十分吓人，他看哪里一眼，哪里的人就不敢大声喊叫了。可是他的目光只要一挪开，呼叫声立刻又震天响了。因为这场面实在太惊人了，不由得人们不喊。

时至午夜，从沿海村庄甚至是南部山区来的买鱼人越聚越多。这些人携了篮子，背了口袋，一直站在海边，直眼盯着灯火辉煌处。号子声越来越响，这声音的强弱显然表明了用力的大小。拉网的人在大网就要接近岸边时，简直是没命地喊叫。他们为了起劲，有时故意将一个熟人的名字套进号子里一起呼喊，羞辱他。被骂的人火起，开始对骂，可惜他一个人的声音显得微不足道。

大网靠岸时所有人都往前凑，探头看这一次神秘的收获。随着大网收拢，水族们密挤得像稠稠的米饭一样，惹得人群高声大叫。鱼虾跳跃，甚至也像人那样尖叫。有一种身上带荧光的鱼，常常在灯火照不到的地方刷地一闪，引起一阵惊呼。

拉鱼的火把是特别制作的：一个小米斗大的洋铁壶盛满了煤油，上面插了胳膊粗的棉芯，点上后用一柄长杆铁叉高挑起来。这样的火把排成一长溜，使整个海岸亮如白昼。大网上岸后，有人立刻抄起柳木斗，将挣挤蹦跳的鱼虾一斗斗装了，提到一领领炕席子上。这时候，戴了眼镜、手拿一把算盘的老会计就出现了，他的身后跟着抬桌子和大杆秤的人——大杆秤足有半丈长，配有一只生铁大砣，由两个强壮的小伙子才抬得起。所有的鱼需经统一过秤，然后再开始零卖。

几乎与此同时，另一边的鱼铺那儿也在忙碌：鱼锅烧开了，大鱼似乎没怎么剖洗就被扔进了锅里。看鱼铺的老人在为拉网人准备一顿丰盛的夜餐。

橡胶厂

初中毕业就该上高中了，但这在我来说是没有指望的。校长极为惋惜。他喜欢我刊发在《山花》上的文章，真心希望我能继续上学。可是上边管教育的领导放话了：这样人家的孩子能上初中就算不错了，上高中？门儿都没有。

校长抚摸着那份油印刊物，连连叹气。这成为我最煎熬的日子。我突然觉得学校生活是这么珍贵，连同我在这里所受的各种折磨，似乎都不算什么了。眼看我那个鼓鼓囊囊的大书包就要废掉了，还有我珍爱的书籍、我们的油印刊物，它们也将一并告别了。

也就在这时候，传下来一个对我十分安慰的消息：我将留在校办工厂——一个小橡胶厂里做工。这个小工厂是当时响应"勤工俭学"的号召建起来的，其实只能算是一个作坊。作坊师傅来自遥远的一个东北城市，一切都是由他操持起来的。此人原来是一位小企业主，在几年前由那座城市遣返原籍。按说他这样的人该归到"坏人"堆里接受管制劳动才是，但因为他能够为当地办起这座小工厂，也就糊糊涂涂地做了上宾。

我曾见过这个师傅在校园里走过，有些好奇。他的举止和衣着与当地人完全不同，一看就知道是城里客：稍胖，中等个子，穿了黑色中山装，而且衣扣一个都没有脱落。特别是他的背头发型，我以前只在书的插图上见过：稀稀落落不多几绺向后梳去，油亮齐整，真的像一个资本家。他说话的声音很低，小心翼翼的样子。他极力模仿当地人的说话腔调，但还是流露出浓浓的城里口音。他吸烟，烟卷在嘴里吸一下，马上拿开。

我真的被应允去校办工厂里做工了。这样我就开始近距离地接近那位神秘的城里人了。校长亲自把我送到那儿。那天因为慎重或其他原因，说话一向流利的校长变得有些口吃。他对那个师傅点头，用力地笑，说："这样，啊啊，他啊，啊啊……"师傅好像在小声叹气，说："好好改造。以阶级斗争为纲。改造世界观……"我连连点头。校长在一边应道："这真是说、说到了点子上！"后来我才知道，校长为了能够让我留在校办工厂，真是费了九牛二虎之力。主要的阻力就来自那个师傅。他曾一再地拒绝，说那样家庭的孩子，怎么可以到这么重要的岗位上来呢？玩笑啊，玩笑开大了！校长差不多要绝望时，突然想到了一位"老贫管"——当时实行贫下中农管理学校，每个学校都有这样的驻校老贫农——就请他出面说情。老贫管找到那个师傅说："这孩子，我看不孬！"就这样，老人家一锤定音，事情解决了。

这是我极为重要的一个人生转折。因为工厂里实行"三八"工作制，分为早中晚三个班次，我在八小时之外可以有大量时间看书。我不断写出新的文章送给校长看，获取他的赞许。这段时间里我和他几乎成了一对文章密友，相互切磋，甚至是鼓励。我们彼此交换作品，快乐不与他人分享。我们写出的文辞并不一定符合当年的风尚和要求。这全是私下阅读的结果：我们只要找到有趣的书就快速交换，这当中有翻译小说，有中国古典文学。这些书中有五花八门的造句方式，它们与当时的教科书完全不同。

校办工厂里只有我一个刚毕业的初中学生，其余全是"大人"，是大龄男女青年。他们在一起说笑，讲故事，做一些令人费解的事情。上夜班是最苦的，人瞌睡得睁不开眼，还要瞪大眼睛看住锅炉——我们被叮嘱说，弄不好锅炉就会发生爆炸，硫化机也会发生爆炸。我们要及时根据压力表调节炉火。所以人困得实在受不了，就轮流偷睡，只留一个人看住锅炉。

与我同班的是一男一女，他们关系紧张，平时不太说话，要说话也大半是顶顶撞撞。他们工作时，就让我躺到一个临时搭起的小床上睡觉。有一次我醒来，一睁眼发现男的坐在女的身旁，低着头，一下下捏着她的大脚趾玩。女的不吭一声，眼睛望向一旁。

他们的动作令我一直不解。

当他们其中的一个单独与我在一起时，就发狠地说着另一个的坏话。

一年后，他们结婚了。

这使我在很长的一段时间里，认为所谓恋爱就是相互顶撞、捏大脚趾、背后里诽谤对方。

车间里有一位年纪最大的人，这人以前在东北的兵工厂工作过，因为工伤回乡了。他经多见广，奇闻怪见多得吓人。他特别愿意对我讲一些故事，也被我认真听取的样子所激励。事实上我从来都没有听到如此有趣的故事：深山老林、兵匪、私通、贩毒、酿酒、打劫、抢寡妇等等，不一而足。

他有一段时间主要是讲给我一个人听。当他尝试着讲给大家听的时候，结果是严重的挫败：大家一齐指责他。于是他要求和我坐一个班，这样就可以随意讲那些故事了。奇怪的是他的故事总也讲不完，越讲越离奇。后来我就怀疑这其中起码有一部分是他编造出来的。

我得承认，最有趣的还是那些稍稍泛黄的故事。对方越讲越大胆，到后来主要就是这类故事了。

我这一生所受到的主要的精神毒害，就来自校办工厂的老工人那儿。他毒害了我，反而让我感激和怀念。我再也没有遇到像他一样广闻博记、多趣和生动的人了。

我在校办工厂里工作了两年零一个月，然后就离开了，去了远方。

后来我了解到：我离开不久这座工厂就发生了大爆炸。起因是锅炉的气压表损坏了，硫化机怒吼一声挣出了厂房。结果是一死两伤。这座工厂从此停掉。

下　雪

我对下雪有一种极为复杂的情感。洁白的雪地多么美啊，谁不喜欢下雪？可是，我却深深地恐惧，惧怕飘飘下落的雪花。

无论是在学校，还是在校办工厂，如果下雪了，说不定一抬头，就会看到父亲在外边弓腰扫雪。这时我的心就会猛地一坠，然后是沉沉的痛。这是当时的一条规定：只要下雪了，父亲必须出门，为矿区和村路扫雪。哪怕大雪还在下着，他这个永远的扫雪人也要赶紧携帚出门。大雪下啊下啊，好像成吨的雪粉都是为父亲准备的。我怎么能喜欢下雪呢？我诅咒下雪。

那时的雪是不祥的白色。这颜色需要几十年之后，才能让我看出一点点美丽和纯洁。但几十年之后父亲早就不在人间了。

父亲是外地人，可怕的岁月把他打发到这个陌生之地，来这里扫雪。他的厄运带来了全家的不幸，让全家在没有尽头的苦难中一起煎熬。

冬天，母亲和外祖母点起火盆，为我们做出了最好看最逼真的腊梅。可是下雪时，再好的腊梅也没人看了。只要父亲在扫雪，我就不会有一丝的快乐，也没有一丝的前途。继续上学是不可能的，这里等待我的，只有难测的厄运。

又是一年之后，记得那天刚刚下了一场大雪——一个清晨，我赶在父亲出门扫雪之前，告别了全家。我身上掮了一个大大的背囊。从今以后我要一个人到南部山区去谋生了。这一天就是我离家的开始，我将一个人不停地走下去，走下去。

我记得一口气翻过了两座大山，它们都被大雪裹住了。我的脸上糊满了雪粉。当我登上一座山顶，回头再看时，只有一个白白的混沌世界，连一点海边林莽的影子都没有。

我知道自己站在了一个分界线上，这会儿，我已经是身在外乡了。

原载《文学界》2011年第1期

给塞缪尔·费舍尔讲故事

余　华

———————

"我是一个渔夫。"塞缪尔·费舍尔说，"余先生，请你给我讲讲中国的捕鱼故事。"

这时候我们坐在巴德伊舍的河边，仰望河流对面静止的房屋和房屋后面波动的山脉。夏日午后的阳光从山脉那边照射过来，来到我们这里时，阳光全部给了我的这一边，塞缪尔·费舍尔那边一丝阳光也没有，他坐在完全的阴影里。我们中间的小圆桌上呈现出一道明暗分隔线，我这边是金黄色的，塞缪尔·费舍尔那边是灰蓝色的。

我说："费舍尔先生，我感到我们像是两张放在一起的照片，一张是彩色照片，一张是黑白照片。"

他点点头说："我也感受到了，你在彩色里，我在黑白里。"

我用防晒霜涂抹了脸部，然后递给他，他摆摆手表示不需要。我看看他坐在宁静的灰蓝色里，心想他确实不需要。我戴上墨镜，向着太阳方向眺望，发现蓝色的天空里没有一丝白云。根本就没有云层遮挡阳光，为何我们这里却是明暗之分？我喃喃自语："真是奇怪。"

塞缪尔·费舍尔洞察到了我的想法，他淡然一笑："余先生，你还年轻，到了我这把年纪，什么奇怪都不会有了。"

"我不年轻了。"我说。

塞缪尔·费舍尔轻轻地摇晃了一下手指说："我在你这个年纪时，易卜生和豪普特曼正在我的耳朵边吵架。"

"费舍尔先生，"我说，"如果你不介意，能告诉我你的年龄吗？"

"不记得了。"塞缪尔·费舍尔说，"就是一百五十岁生日那天的事，我也忘记了。"

"可是你记得 S.Fischer 出版了我的书？"我说。

"这是不久以前的事，所以我记得。"塞缪尔·费舍尔继续说，"不过，我忘记了是巴尔梅斯，还是库布斯基告诉我的。抱歉的是，我没有读过你的书。"

"没关系。"我说，"巴尔梅斯和库布斯基读过。"

"给我讲讲你捕鱼的故事吧。"塞缪尔·费舍尔说。

我说："我做过五年的牙医，可以给你讲几个拔牙的故事。"

"不，谢谢！"塞缪尔·费舍尔说，"你一说拔牙，我就牙疼。或许巴尔梅斯和库布斯基会喜欢，可我喜欢听捕鱼的故事。"

"或许，"我接过他的话说，"托马斯·曼和卡夫卡他们可以给你讲讲捕鱼的故事。"

"他们，"塞缪尔·费舍尔嘿嘿笑了，"他们就想和我玩纸牌……你知道为什么？因为他们输了不给我钱，而我赢了还要给他们钱。"

塞缪尔·费舍尔看着我问道："你喜欢玩纸牌吗？"

我说："有时候。"

"什么时候？"

"和巴尔梅斯和库布斯基在一起的时候，也是我输了不给钱，他们赢了还要给我钱。"

塞缪尔·费舍尔又嘿嘿笑了，他说："作家们都是一路货色。"

我惊讶地发现塞缪尔·费舍尔说着一口流利的中文，而且没有一丝外国人的腔调。如果不是看着他的脸，我会觉得是在和一个中国人聊天。我说："费舍尔先生，你的中文说得真好，你在哪里学的?"

"中文?"塞缪尔·费舍尔摇摇头说，"我从来没有学过。我倒是见过，中文是很神秘的语言。"

"你现在说的就是中文。"我说。

"我一直在说德语。"塞缪尔·费舍尔认真地看着我，"余先生，你的德语说得不错，像一个地道的法兰克福人。"

"不!"我叫了起来，"我一直在说中文，我根本不会说德语。"

在巴德伊舍的这个下午，奇妙的事情正在发生，塞缪尔·费舍尔说出的德语来到我这里时是中文，我说出的中文抵达他那里时是德语。我从未有过这样的经历，就是在梦中也没有过。

"真是奇怪，"我感叹起来，"我说中文，你听到的是德语；你说德语，我听到的是中文。"

"你们这个世界里的人总是大惊小怪。"塞缪尔·费舍尔用手指的关节轻轻敲打着圆桌灰蓝色的那一面，表示这个话题结束了。随后他再次说："我是一个渔夫，给我讲讲你的捕鱼故事。"

"好吧。"我同意了。

我首先向塞缪尔·费舍尔说明，我要讲的不是渔夫的捕鱼故事，也不是牙医的捕鱼故事，而是一个中国孩子的捕鱼故事。

那是"文化大革命"时期，我正在中国南方的一个小镇上成长，一条小河从我们的小镇中间流淌过去。小河里没有捕鱼的故事，只有航运的故事，捕鱼的故事发生在乡间的池塘里。当时我家还没有搬进医院的宿舍楼，还居住在一条小巷的尽头。我在夏天早晨打开楼上窗户看到的就是一望无际的田野，几个池塘散落在那里，在阳光下闪闪发亮，仿佛是田野的眼睛。我们小镇四周的田野里有不少池塘，夏季常常没有雨水，干旱的稻田就需要池塘里的水来灌溉。

童年的夏天在我记忆里炎热和无所事事，如果传来水泵的抽水声，那么激动人心的时刻来到了。我们这些穿着短裤背心的男孩向着水泵发出的声响奔跑过去，团团围住正在抽水的池塘，看着池水通过水管流向近旁的稻田。那时候的池塘仿佛正在下沉，当水面逐渐变浅时，水中的鱼开始跳跃了，我们在岸边欢蹦乱跳，我们和鱼一起跳跃。池水越来越浅，池底的淤泥显露出来后，鱼儿们在残留的水里还在努力跳跃。我们这些男孩将身上的背心脱下来，一头系紧了变成布袋，踩进池塘的淤泥里，把鱼一条一条地抓进用背心改装的布袋，这些鱼还在拼命挣扎，从我们手里一次次滑出，我们再一次次地抓住它们……这不是捕鱼，这是捡鱼。

我和哥哥各自提着装满背心布袋的鱼回到家中后，不是马上将鱼放进水缸里，而是找来两根绳子，将绳子从鱼嘴里穿进去，从鱼鳃处穿出来。然后重新穿上沾满鱼鳞的背心，我把穿在绳子里的鱼斜挎在身上，我哥哥则是提在手里，我们两个大摇大摆地走向了父母工作的医院。我们得意扬扬，我们背心上沾着的鱼鳞在阳光里闪亮，很像现在那些明星们亮闪闪的衣服。我斜挎在身上的鱼有十多条，我觉得身上像是斜挎着子弹匣子，我的双手一路上都在做出冲锋枪扫射的动作，嘴里"哒哒"地叫个不停。有几条鱼还在挣扎着用尾巴拍打我的身体，我只好暂时停下嘴里扫射的"哒哒"声，命令它们"不许动，给我缴械投降"。我哥哥相对沉稳，面对街道上人们惊讶的啧啧声，他昂首阔步，一副趾高气扬的表情。

在那个贫穷的年代里，人们一年里难得吃上几次鱼和肉，看到两个男孩身上挎着和手里提着三十来条大小不一的鱼，街上的行人羡慕不已，纷纷走过来打听是从哪里捕来的？我的嘴里正忙着"哒哒"的冲锋枪扫射声，我哥哥回答了他们。他们急切地问那个池塘里还有鱼吗？我哥哥一脸坏笑地欺骗他们说还有很多鱼。他们有人开始向着那个池塘的方向奔跑，可是迎接他们的只有池塘里的淤泥了。

我们炫耀之旅的目的地是医院，我们的父亲正在手术室里忙着，我们走进了母亲所在的内科门诊室。正在给病人开处方的母亲看到我们满载鱼儿进来，自然是笑容可掬，同时抱怨我们背心上都是鱼鳞，说她清洗时会很麻烦。坐在母亲对面的医生只有一个女儿，十分失落地说她要是有儿子就好了，儿子会给她捕来很多鱼，而她的女儿只会吃鱼。我母亲就让我哥哥给她几条鱼，我哥哥解开绳子，慷慨地取下了五条鱼给了她。她立刻喜气洋洋了，用了不少动听的词汇夸奖我哥哥，还说等她女儿长大了就嫁给我哥哥，弄得我哥哥满脸通红，伸手指着我连连说："嫁给他，嫁给他……"

塞缪尔·费舍尔听完了我的捕鱼故事，他愉快地笑着说："我小时候也在干旱后暴露出来的河床淤泥里抓过鱼……你们把鱼穿在绳子里走上大街的情景，我喜欢。"

我眺望远处，感到太阳从一个山峰移到了另一个山峰上，可是我和塞缪尔·费舍尔之间小圆桌上的明暗分隔线没有丝毫变化。塞缪尔·费舍尔所处的地方是那么的安静，人们在那里无声地走动，还有一些老式的汽车在无声地行驶；而我所在的地方却是喧哗嘈杂，人声、汽车声不绝于耳，有几个骑车的眼看着就要撞到我身上了，他们拐弯后又远离我。我感觉到风是一阵一阵的，有时候从我这边吹过去，有时候从他那边吹过来。我这边的风热气腾腾，夹杂着鲜花的气息和烤牛排的气息；从他那边吹来的风十分凉爽，只有纯粹的风的气息。

塞缪尔·费舍尔说："余先生，请你再说一个捕鱼的故事。"

我摘下墨镜，用手擦了一下满脸的汗水。我端详身旁的塞缪尔·费舍尔，他脸上一颗汗珠也没有。我戴上墨镜后，让思绪再次回到童年。

在中国，每个县都有人民武装部，这是军队的编制，不过这些军人的主要工作是训练民兵。人民武装部的军人那时候十分贫穷，他们嘴馋的时候也会想到来池塘里捕鱼。他们捕鱼的方法简单粗暴，就是往池塘里扔一颗手榴弹，把鱼炸死炸昏迷了浮到水面上，他们就用网兜捞鱼。

我们这些孩子只要看到人民武装部的几个军人手里提着两颗手榴弹和一只麻袋，肩上扛着绑上网兜的长长竹竿，就知道他们要去捕鱼了。我们紧随其后，来到他们选定的池塘后不敢站得太近，我们对手榴弹十分敬畏。那几个军人也站在离池塘二十米左右的地方，其中一个军人拿着手榴弹走到池塘近旁，拉弦后把手榴弹扔进池塘时他立刻趴到地上。一声爆炸后，池水像喷泉一样冲起。等我们跑到池塘旁边时，池里的鱼全部漂浮在水面上了。为什么军人要提着两颗手榴弹？其实炸鱼一颗手榴弹就够了，另一颗手榴弹是专门对付我们这些孩子的。当我们准备跳下池塘抓鱼时，一个军人就会举起手榴弹高声喊叫，威胁我们马上就要将手榴弹扔进池塘了，我们吓得转身逃跑。然后，他们从容不迫地用网兜捞鱼了。

"用手榴弹炸鱼，以前的德国兵也干过。"塞缪尔·费舍尔笑着说，他举起食指，"请再讲一个故事，余先生，最后一个。"

最后一个故事说什么呢？我看着巴德伊舍的河水碧波荡漾，思绪在中国童年的记忆里四处寻找。几分钟以后，我找到了一个电力局工人的捕鱼故事。这些家伙捕鱼的方式十分隆重，他们将一台小型发电机搬到板车上，带上网兜和装鱼的麻袋，拉着板车招摇过市，人们一看就知道这些家伙要去干什么。他们来到田野里的一口池塘旁，将板车上的发电机发动了，在"突突"的响声里，他们将两根电线插进水里。池水立刻波动起来，随后鱼儿一片片地浮现出来，那情景像是万花齐放一样壮观。

电力局的工人和武装部的军人是一丘之貉，为了防止我们这些孩子下水抓鱼，一个工人用网兜捞鱼时，另一个工人手里拿着两根电线站在水边，看到我们的手往水里伸去时，立刻将电线插进水里，让我们尝尝触电的滋味。可是电的威慑力远不如手榴弹，我们中间有几个勇敢的孩子坚定地站在水边，只要看到工人的网兜伸进池水里捞鱼，就近迅速抓起一条鱼来。

那个拿着两根电线的工人十分为难，因为他要电孩子时，也会电到他的同事。他开始用假动作迷惑孩子，当网兜伸进水里时，他假装要将电线插进水里，孩子们吓得立刻缩回伸出的手。那个用网兜捞鱼的工人哈哈笑着，也做起了假动作，网兜进水后立刻抬起，拿着电线的工人心领神会，马上将电线插进了水里，那几个勇敢的孩子被电了几次，他们触电后浑身乱抖，尖叫地跳离水边。然后，这几个孩子也学会了做假动作。三方都做假动作就乱哄哄了，几个孩子假装将手伸向水面迷惑拿着电线的工人，骗他一次次徒劳地将电线插进池水里，有一次反而让那个用网兜捞鱼的工人触电了，他被手里的竹竿弹开去，一屁股坐在了地上。这个工人起身后对着双手拿着两根电线的工人破口大骂，拿着电线的工人抱歉地向他解释。这时候我们全体趁机跳到水边，抓起鱼就往岸上扔……

塞缪尔·费舍尔哈哈大笑了，他在巴德伊舍河边的这个下午里笑得如此开心，朗朗的笑声超过了两分钟。然后他的右手伸过来说："谢谢你的故事，这是一个愉快的下午。"

我和塞缪尔·费舍尔握手，我没有碰到他的手，可是我却觉得已经和他握手了。我说："我也很愉快。"

我们两人同时站了起来，塞缪尔·费舍尔对我说："余先生，你是我见过的德语说得最好的中国人。"

我对他说："费舍尔先生，我认识不少德国汉学家，你的中文比他们说得好。"

　　我们挥手道别。塞缪尔·费舍尔在广阔的黑白照片里走去，我在广阔的彩色照片里走来。

原载《大方》2011年第2期

我走过时间

葛水平

————

炕是诱人老死的饵

窑洞最美好的地儿是炕。多少年之后，我居然在单元楼里盘了炕，青砖勾缝，榆木炕沿，炕心里铺了羊毛毡，炕桌上放了我收藏的油灯。傍晚，天光暗了，我说不出此时到底藏着什么打湿心灵的东西，它们冒出来，诱使我把灯树上的蜡烛点燃，心旌神摇那一瞬，我盘腿坐在炕上享受一个人的时光。万事万物诸多情谊都有怀恋，只要懂得，都是贵重。

我落地在炕上。生我的那一年，妈妈在碾跟前簸谷子，突然肚子疼，她的婆婆说，快，上炕。

我的出生没有异象。

十月份，青草繁茂。正午的日头照亮了接生婆的小脚，进进出出，紧束的围裙如同克制的欲望。没有多余的背景，炕，一张席片，妈妈扎着马步。我的出生，妈妈用了一个很可恶的词：红曲曲地跌下来了（大约指那种鼠科、猫科动物的初生）。妈妈说，百日后，你脱出来，白了，我才知道疼你。

一年后父母离异，万事过去皆与我无关。

三岁上，继父来相亲。妈妈坐在姥姥家的门墩上，抱着我，我坐在她的一条腿上，另一条腿则搭在门槛上不让他进门。继父无聊，站着端详了妈妈半天。妈妈手里掰着一只秋桃子，一点一点送进我的小嘴里，我像小驴一样惊异地看着继父错愕着嘴片，有口水流下来，继父扔过来一卷卫生纸。那时候乡下人没见过这么薄透的纸，妈妈抬眼看了他一眼，搭在门槛上的腿缩回来，继父进门。

我随妈妈嫁人时三岁。

山神凹，那时候，院子里有两棵枣树，秋天枣儿红了。驴拴在枣树下，我和妈妈下驴，进窑，上炕。炕桌上放着一碗红糖水，窑洞里的小奶奶四颗镂空金牙露出来，好奇地看着妈妈和怀里蜷缩的我，大概我与妈妈都很生动引人。山神凹的女人们从窑门上挤进来，空气如水流动。有人说："小闺女好看。"窑洞里的小奶奶说："是我成土的闺女。"

都是一夜之间的事情。翻过一座山头我成了葛家闺女。

小爷（我亲祖父的小弟）的窑洞里有两盘炕，互相对应着。两领羊毛黑毡，白天时铺盖是卷着的。夜晚，卷着的铺盖展开来。窑墙上还挖了洞，洞很小，像一眼小窑洞。放了细粮，比如麦子、豆，都用一斗缸装。那年月，因为是集体，农民改叫社员。秋后分粮，人均口粮，麦子也就只能分十几斤，都不舍得吃，留着过年。粮食是有味道的，不单单是一个香字。一个冬天里，窑洞里最活跃的是老鼠，闻香而来。小爷不叫老鼠，叫老君爷。窑内中堂前的方腿桌上有敬奉老君爷的牌位。黑是老鼠最喜欢的颜色，四只爪子细脚伶仃，夜里走路收收缩缩，不显山水。窑炕盘在进门处，临门有窗，窗户最下一格有猫出入，常常不糊窗户纸，用钉子钉一帘花布由猫出入。

有一段时间老鼠成灾，小爷下了许多鼠药，猫吃了药死的老鼠大都死了。灾难降临的时候，真是平分秋色啊。这下，老鼠的孙子们欢喜死了。窑梁上挂了玉米，五更天，老鼠开始夜生活。它们叽嘛乱叫着，有从梁上掉下来的，放肆的大笑声扰得炕上人无来由要学几声猫叫，吓唬老鼠。小有停顿，老鼠想：人呐，也仅仅扮演了一个岁月喑哑的歌者。

六岁那年夏天的一个中午，我看见一只老鼠从地锅前爬上炕，小眼睛贼溜溜儿顺着炕沿越过我的枕头，我轻声叫了一声："哎——"它停顿了一下，身躯稍向后仰，似在微微着力，想回头，那神态，慵懒到不慌不忙。我指望它能回头，接下来它还是稍息一下走了。它爬上窗台钻出猫洞，我很伤感。屋外的蝉，浑圆而饱满地叫着，我坐在炕上，一副伤身伤世的样子。小奶奶从她的花肚兜里摸出一块糖递给我。窑外，蝉声一声接一声落下来，我跳下炕走出窑，等那细脚伶仃的"它"回来。

有一种纹理，它沿着成长的肌肤深深嵌进来，我对家的概念，是一进门不由分说地陷进炕上。任何一种光影的闪现都不能去除我对炕的怀恋。炕上除了蒲扇、苍蝇拍、烟袋、捻线陀以及凌乱的糖纸，也只剩下了我的小爷、小奶的从前。而今，扑簌簌往下跌土的墙上，曾经悬挂着的挂历试图靠近小爷的心和眼睛，然而，也只是一闪而过，一声长叹让夜平静而安然。隐隐没没的岁月过后，我再也睡不回欢喜的从前。

秋苗和石碾碌干大

为了我的成长，我妈把我许给了一个石碾碌做干女儿。那个石碾碌竖在一棵长了百年的杨树下，树空心了，夏天的时候有蛇出入，但是，伸向天空的树枝还有绿叶长出来，也还有绿阴罩下来。村庄的人们端了洋瓷碗，在杨树下吃午饭或者晚饭，主要的内容是聊天。我们几个孩子靠在石碾碌上听他们讲一些村庄发生的稀奇事情，一边听一边用线绳来来回回翻各种图案的"抄手"。大人们讲到激动处，有人就想把我们赶走，想坐在石碾磙上稳住身子好好尽兴听。有人就和我们说："哪有屁股坐干大的道理？"我们就散开来，那人就坐上去。我是给石碾磙烧过香，也磕过头的，原因是我妈只生了我一个，怕我长不成人。

那个年月，村庄的孩子常常把自己许给一棵树、一条河或一块石头，乡下人相信自然的力量比人大，也相信人是永远改变不了自然的。把孩子许给它们，这个孩子就活成人了。我每年生日那天早上都要给石碾磙干大烧香许愿。我认碾磙做干大的时候，七岁。那一年之前发生了一件事。快过年了，年前的腊月里有一天是吃炒节，就是把豆子、玉茭炒熟了，吃时拌了蜂蜜放到碗里，农村人叫"吃甜"。大概是希望日子一年比一年越过越要甜吧。吃炒节这一天白天，家家户户都要到河滩上取沙。取回沙，忙着从自己屋子拿了金皇后玉米换别人家的小粒种。金皇后玉米炒出来粒大不好吃，但是，丰产。有过日子细致的人家在山坡地种了小粒种，谁家有，村上的人也都知道。换了回来村路上撞见了打个招呼："换上糙玉茭了？"（小粒种的乡下叫法）

开始点火炒时，一般要等到天黑。头一天晚上我的同桌秋苗和我讲："我有二两粮票五分钱，够买一个甜火烧（烧饼），你回家和你妈要，你妈是老师，有钱。要了钱咱俩往公社买火烧去。"我们是第二天一大早怀揣着二两粮票五分钱从我妈教书的村庄郭北沟出发的，走到十里公社不到中午。我们各自买了一个糖火烧，不舍得吃，先是吃了半个。刚出炉的火烧不经吃。大冷天，我们俩把火烧放在河滩的石头上等火烧冻实，等它包着的红糖硬了，我们收起装进口袋，一路摸着火烧往回走。路上肚子饿得咕咕叫也不舍得掏出来下狠口，只是用指甲掐豆粒不断往嘴里放，是把火烧含化了的那种吃法。走到郭北沟村的小河滩上，天黑下来，冬天的天本来就黑得早，秋苗问我吃完了没有，我说还有一块。她说，她也是。我们把最后一块火烧团成的丸药蛋子取出来，放在手心里比谁的大，秋苗的比我的大。她很高兴地说："我比你的大。"我羡慕地看着她先放进嘴里，然后，我也放进了嘴里。两个人迎着风，抿着嘴等它在嘴里慢慢化开。它总是化得很快。

河滩上正好是山的风口。我们一路上跑得汗水把棉袄都洇透了，我们俩在风口上等最后一块火烧化掉的时候，山里的风把我们身上的汗又吹干了，棉袄还湿着，像一坨子冰一样贴着脊背。秋苗说她冷得要命。我们拉着手往村上走。村里有大院子的支着铁锅炒上了，香味也出来了，我们吃着炒好的玉茭和豆子疯到后半夜才回家睡觉。秋苗妈第二天来学校问我和秋苗昨天都去哪里了，我才知道秋苗重感冒高烧不退。隔了一天，傍晚的时候，秋苗死了。很快，我都没有见她最后一面。当时，村里人说是秋苗在公社的路上撞见鬼了。我不知道鬼是啥样，也想不出是在哪段路上撞见的。想哭，一直也哭不出来。秋苗人小，不够一棺材，钉了个木匣子埋在了半山腰。我妈很害怕，觉得事情太邪乎，要是我撞见鬼了，而不是秋苗，她这一辈子就没有闺女了。我妈本来不迷信。第二年，我妈调到了十里公社范庄大队王庄村，看人家有人给孩子请石碾碡做干大，就让我也认了一个。

我认了石碾碡干大后，每年都要给它烧香，开始的时候是我妈替我许愿，许愿我活成一个人就行。我妈在王庄村教书教了九年，我长成大闺女了，人也很结实，思想认识逐步改变，慢慢地就不给石碾碡干大烧香了。我把这一段事写出来，是因为村庄给我的记忆太深了，人和事和村庄的气息，民风民俗，我的玩伴秋苗，我的石碾碡干大，越往岁月的深里长，我越是忘不掉。

家里的乡下男人

我一直感觉在某一个黄昏或上午，我爸会背着一个帆布行囊远足而来，会用他憨厚的影子堵住正门的光线，那时有一个很不能概括的念想儿："我们家的乡下男人进城来了。"

我忍不住想着这样一种场景，居然有那么几分近而远的影像，但是，我爸是永远住在乡下了。

每年的清明这一天，无论刮风下雨，我都要回乡上坟。说是坟，其实只是一眼废弃的窑洞，在山神凹后山的黄土崖下，十年了，我爸很安静地在等活着的我妈。老家有个不成文的规矩，先走的人一定要先放在一个地方等在世的人。那一口玫红棺木横放着，我爸装殓在里面平躺着。成为一个戛然而止、无法再继续坐起来或站起来的存在。

我爸有个绰号叫"跑毛蛋"（意指对生活不负责的人）。是我妈嫁过来时听凹里人穿我爸的小鞋讲的。生米做成了熟饭，我妈是自己上了驴叫我爸驮来的，有苦说不得。那时的我爸在太原西山煤矿下窑，人称下窑汉。我妈嫁过来不久，因井下塌方，俗世的我爸脑袋冒出泥地的一刹那间，决定逃生，黑炭一样逃回老家。前后走了不到一个月，我妈开始和我爸生气。

这气，一生就是一辈子。我记得我生第一个孩子时回老家坐月子，妈和爸吵，吵得我大声喊："离婚吧。"片刻后我爸嬉皮笑脸地说："还不到离婚那步。"我说："爸，你怎么在这家里熬的？"我爸想了想说："你知道啥，我在你妈跟前还没有小学毕业，还得熬。"

这里我不得不说我的爷爷。爷爷是被远一些年扩军扩走的土八路，后来得益战争的最后胜利，身份转成了南下干部。正遇荒年，失去音信的奶奶无法养活我爸，出于对丈夫的报复心理，想把我爸丢在山里让狼吃了。是小爷从山里找回我爸的。我爸的一生便是依靠几位叔伯爷爷的呵护成长起来。正因为有了这样的背景，我爸因而长成"三不管"式的人物，即小队管不住，大队管不了，公社够不上管。

山神凹没什么风景，有山。有人住的和羊住的窑。羊住的窑比人住的窑大，因羊多而人少。羊多，族人便穿生羊毛裤，生羊毛衣。我爸因此而会织毛衣。逢年过节家穷买不起鞭炮，我爸领人到山和山的对顶上甩鞭，用牛皮编的长鞭，长鞭一甩，因山大人少，回声也大，脆生生漫过村庄直铺天边。天边并不能看真，生生的，凝成千百年一气，鞭声滚滚滔滔跌宕过来，山里人激动得出窑，听我爸隐隐然鞭斥天宇的响彻，能把人的心吞得干干净净。这种甩鞭和赛鞭过程，要延续到正月十五。十五过后老家的山上没什么内容，赤条条地与荒漠的群山对峙。荒山沟里，我爸开始了他生长期的旺盛。

我爸是一个高智商的人（用现代的话说）。他不太懂音乐，夏天打一条蛇，从马尾上剪一缕马尾，再从大队的仓库里偷一段竹节，三鼓捣，两鼓捣，一把二胡从他手上就流出了音乐。我爸不懂宫、商、角、徵、羽，更别说现在的简谱了。窑中一盏豆油灯，我爸擦一把脸，憨厚地笑一下，挽起袖管，从窑墙上拿下二胡，里外弦一"扯"，就这过程已有人对我爸手头这把民族乐器投来歆羡的目光。而真正的艺术，在我爸的手上，还没有扯开弓拉出声响。

我爸的毛笔字写得不错，不是那种龙飞凤舞的，一溜儿正楷。我爸的出名好像不仅是这些，从小掏鸟蛋，大一点抓蛇，再大一点摸鳖。他一上午能摸一木桶鳖，用铁锅煮了让光棍汉们一起吃。他说，现在人吃鳖，大补，狗屁！我吃一辈子鳖，把十里河的鳖快吃完了，也没补出名堂。十里河的鳖从我爸开始吃后，渐少，与我爸关系重大。我爸玩蛇能把蛇玩出神话，让它走它才敢走。玩过的蛇，我爸从不打死。我至今不清楚这种吐纳百毒的长虫，为什么在我爸的手里如此服帖？那个年代，我爸的故事频繁。那是个没有法制的年代，强悍与苦难汇合让我爸野出了风格。我妈常说："早知道你这样，我嫁给好人家也不来你这沟里。"我爸总是看着我和我妈说："你带着拖油瓶上哪儿嫁好人家？来沟里就算你享福了。"

我个人认为，其实男人们都很不错，关键是派什么样的一个女人去制服他。山神凹的人常说一句话："成土生生叫冬棉制服了。"

我从我爸身上学到许多很达观的东西。他的诚恳和逼真和来自大自然野性的浪漫，在我身上不时起着化学反应。以至于我在最痛苦的日子里，还幻想着一种痛苦的美丽，有我爸言传身教的风范。我爸多半不会在痛苦面前洒泪悲叹，寻死觅活。他的思想散漫得很阔，人生道路也铺展得很广。他像《水浒》里的一百单"九"将，该出手时比谁都出手快。路见不平，拳脚相助。在他55岁时，30岁的我还得陪他到几十里之外的柿座乡派出所交打架罚款。我爸在中年以后把兴趣逐步改向狩猎和打鱼。记得有一年夏天黄昏，我爸不知从哪里偷来一"夜壶"，趁天黑装了炸药。五更天叫我快起床，领着我骑嘉陵摩托车翻山到另一个县。一路风驰电掣后，摩托停在山脚下。我和我爸潜入就近村庄的鱼塘。见他点了雷管使了老劲抡圆了把夜壶扔进鱼池，接着冲天一声响，我看到"哗啦"一声，鱼塘掀翻了。等水花落下，鱼翻着肚皮漂满了水面。我吓坏了，我爸却高兴得喊："发财了。"忙活着张开渔网准备要打捞了，村里的叫喊声朝着这边鱼塘来了。我爸来不及打捞拉着我的手抬脚就跑。我不敢往后看，大口喘着气，跑到摩托车跟前说不上话来，喘气声把喉咙都拉伤了。

　　我爸于1996年得病。那年的正月初九，我爸从乡下给我打来电话，说自己怕是病来了，来得不轻。一贯孩子似的作风，让我忽视了他非常时期的实际。我又以非常含糊的感觉很自然等到正月十一。那天回乡后，我看到我爸在麻将桌子上鏖战，胸口上冲着桌沿顶着一根木头，止胃疼。我想哭。我要我爸走，他坚决不走，说要把四圈打完。从我爸的态度上，我知道他输钱了。在乡人劝说下，我爸很是不情愿地离开了麻将桌。

　　回到城里，一连串的检查，证明我爸是胃癌，晚期。

　　我说不出一句话，一句话也说不出；我爸吃不下一口饭，一口饭也吃不下。我知道，我爸气数尽了。我告诉他是胃癌，晚期。我爸难过了一下便笑了，说："我说嘛，不吃一口饭，雷锋还讲，人不吃饭不行。不吃饭就不行，一辈子就算完了。"我说："以后怎么打算？"我爸说："打算什么？父死之后见人磕头。"我说："就女儿一人，怕忙不过来，想将来火化了。"我爸不语。三天后我爸说："水，千好万好烧了爸爸就不好。你想想，我走了，活人的嘴脸要骂你，骂你把爸烧了，你愿意不落好名声？"我爸讲此话时一脸坏笑。

我是三月初三开车送我爸回老家的。沿途我买好了木板，回老家后叫了木匠赶做了棺材。我在做好的棺材里躺下试了试身长。我站在我爸身边不语，我爸说："有话要说？"我告我爸："大小正好。"我爸说："躺下试了？"我说："试了。"我爸说："把它漆成红色。"我在寿棺大头写了"寿"字。因我字写得不好，远看近看都像个草书"春"。我和我爸说："坏事了，把'寿'字写成'春'了。"我爸说："还寿什么？你爸的寿已尽了。春就春，春天生，春天终。"因我爸生于1957年四月十五。

我爸说："死后把我放置在一个干燥的窑内，等你妈百年后一起下葬。死后多烧点冥钱，才学着打麻将，老输，那边的钱在这边可便宜买到。你写文章的人，爸爸知道你辛苦，对我这件事你千万别太寒酸，寒酸了叫那边的人笑话你写文章供不起你爸打麻将。那可就不是笑话我啊。"我哭着说："爸，怎么两边都是笑话我呀？"爸说："闺女呀，我死了呀。"

1996年三月初十晚，我爸拉着我的手说："闺女，我来世做牛做马报你对我的恩情。"

我说："爸，来生我们做亲父女。"

我爸哭不出来，从鼻孔流出一丝清鼻涕，眼睛死死盯着我："近跟前来，跟你说句悄悄话儿。"我近到他嘴跟前，他小声说："你能不能把你的存款都贡献出来，给爸找点不死的药？"

我闪开了，哭着说："爸，钱买不来命，毛主席都死了。"

我爸半天后说："瞅你那哭相，难看死了。我是试探你对我有多好。我能不知道，和毛主席比我不敌人家小拇指盖大。"

我不语，泪像河一样。三月十一早8时10分，我看到我爸长出了一口气，又长出了一口，没回气，我爸的眼睛就闭上了。

现在的婚姻

1997年冬天，我参加一次诗歌会议，长治市文联王广元老师介绍我认识一个人。那时候我已经单身很久。离婚的女人在这个社会上一点都不紧俏，我很明白我的处境。他骑着自行车在宾馆的院子里站着等我，第一感觉是他的个子很高，第二感觉是雪下得很大。漫天雪花中我要抬高脸才能看完整他的脸。虽然有点不好意思，但也无所谓。他说："我想约你稿子，我是报社副刊编辑。"我说："我很懒惰，不一定约得到。就这样吧。"

彼此经历了婚姻，所以都很矜持。认识的过程似乎很漫长。总归是认识了。一周约一次，送我两本书。在小饭馆，要两个菜喝点小酒，汇报一下周日前的工作，心旌微醺处，连篇而来的话似乎都是对文学的热爱。小酒喝到一定火候，两人浸到了一段境界里，醉眼蒙眬看对方，似乎很合适婚姻？哑然一笑，他开口说："难道没有知己的感觉吗？"此地此景，我们居然把爱漫成这么一种闲情。我明白，确实离婚姻很近了。

婚姻对人是一种考验，一路走过来，对于写作的人，谋食度日，物质的味道虽稍缺，精神的味道该是足足。我很享受我慵懒的空间，他说："不要闲置了你的才情。"这好像是我们结婚后他常说的一句话，却分明是一种对岁月的砥砺。

除了写作，在生活上他是我最大的支持者。他常挂在口边的话是："相妻教子。"我说："你这样讲，别人要笑话你矫情，不够男人份儿。"

他说："我是我，我不是别人。"我这人毛病多，突发奇想的事也很多，思想永远都是临时的。记得我前公公患病了，听说后临时动了念头要回乡下去看前公公。他很认真分析了乡下的情况和前夫家里，说："你这样会不会搅出一些事情来？"我说："我在他们家存在是一个永远绕不过去的结，我去看一个老人，我得感激他曾经对我的好，我看老人他们都不能接受，那你说人长了心肝做啥？"他不再说话，果断和我上路。走到乡下，他提了礼物送我到前公公家门前，扭头走开说："我在路边等你。"一刹那间，我看着他的背影，我知道我和他是一样的，尘土一样多落在我和他身上，我从来没有想过他的心情。也就一刹那的感觉，见到他我就把刚才的感觉丢掉了，我是他老婆，他就应该全方位疼我。还有什么不知足呢？一次买箱包，回家后发现它的轮子是坏的，我不想去找麻烦，干脆两只轮子都卸掉，告诉他是个手提箱。买挂表，回家后他发现还有没有玻璃的挂表？其实是我路上已经摔碎。帮他买裤子，回家两手空空，一时想不起出门做啥。第二天想起来是买裤子，昨天顺手不知丢到什么地方。我不敢用"还有一次"。

记得前夫来市里上党校，约我一起吃饭，我有事去不了，叫了我丈夫去赴约。他们谈了什么我不知道，之后两人互夸对方人不错，很让我感动。换一个人恐怕会埋怨我。我是一个多么脆弱又自私的人啊，怎么能去忍受他人的委屈！我也有被人误解，被人无端是非的时候，听到这些时他会拍拍我的头说："度过自己要承担的时间，心血流转得多，触及灵魂，疼痛在里面，好也在里面。"他是好编辑，他那么理解他的"作者"。

一些襟怀

1983年我考上晋东南戏剧学校，1986年毕业。毕业前夕，晋城市上党梆子剧团正好去长春电影制片厂拍摄电影《斩花堂》，需要一部分群众演员，我被选上了。在长春电影制片厂待了半年，半年后何去何从？

"你不是唱戏的料。"这是葛来保说的。

葛来保是晋东南的剧作家，很有声望。他说此话时是在乡下演出期间，他去剧团看演出，我替一位因病不能上台的演员出演一个丫鬟，有一句唱冒了调，台下一片起哄声。卸妆后他见我第一句话就说了此话。这句话对我很有影响。假如毕业后我回到剧团再去唱戏，我一辈子就算没有出路了。因为一个"葛"字，我喊葛来保叔叔。解铃还须系铃人，既然不是唱戏的料，就得找一块安置未来的土壤。由叔叔介绍我调进了上党戏剧研究院，几年之后地市分家，叔叔留在了长治。之后，我从晋城调入长治戏剧研究院，叔叔的单位。我到底是什么样的一块料？我不能在没有用的事情上较劲，我不能抓小放大，想这些的时候我不胜苦恼。叔叔说："你好好写剧本，将来你就做剧作家。晋东南的剧作家里还没有一个女的。"从他言外之意我明白了，在剧作家的道路上离成功很近。我下了许多年功夫写剧本，其结果是每年述职考核时在单位念一遍，大家提提意见，请大家吃一次饭，一年努力就完事了。我开始自惭形秽，想：是不是太务正业了？我偷偷开始写诗歌、散文什么的借以抒怀。叔叔知道了批评我说："小情小调的文章哪里抵得上一部大戏！"叔叔把我归到了"成才"范畴。我假装很听话地再写剧本，其实我开始偷偷写小说。我对遥远的未来一无所知，却依然怀揣了一颗不听话的心。我是一个开窍很晚的人，也是读书很晚的人。第一次看了《童年》里高尔基说："大人都学坏了，上帝正考验他们呢，你还没有受考验，你应当照着孩子的想法生活。"这句话指明了彷徨的方向。我开始学会了不动声色撒谎，我告诉叔叔我在写剧本，我正在接近他对我期望的目标。

2004年是我生命的一个转折点。我拿着发表了的小说叫叔叔看，他几天后叫我到他办公室说："你不是唱戏的料，也不是写剧本的料，你是写小说的料。"叔叔接着说："不管将来写出啥名堂来，你都该明白，你爸是个烧锅炉的，你不能像有家庭背景的人那样，人家是算盘珠子，拨一下动一个位置，不拨就瞎候着、空耗着，喝茶、读报、斗心眼、说淡话、打麻将，就算人家亏着欠着，人家有家底顶着。你啥都没有，连个好文凭都没有。你得照你爸的样子做，拉煤灰，添炭，烧锅炉，水开不开泡方便面的知道，泡方便面的知道你是谁了，你这块料算成才了。"我点了点头咬着后槽牙说："我只能没有下眼皮，不能没有上眼皮，我决不抬高了眼去巴结人。"

　　叔叔到底熬不过日子走了。走时我和婶婶说："让我尽一次孝，我要披麻戴孝送他到坟前。"婶婶说："难得你有这份心。"我披麻戴孝扶棺送叔叔到他的坟前，一路上我想一些问题：棺材里躺着的这个人，他说过的每一句话都影响了我。我走到今天，是他让我明白我不是唱戏的料。他费心给我调动了工作，让我吃上了供应粮，少了后顾之忧。我扶他走阳世最后一程路，这一程太短啊，我回报不了他对我的恩情。我的泪止不住地往下流。

原载《北京文学》2012年第3期

回忆文学讲习所

王安忆

————

我们那时候，鲁迅文学院是叫"文学讲习所"，没有自己的校舍，临时设在朝阳区委党校里面。党校周围空落得很，出了院门，走一段，才可抵到一个勉强可称为"街"的地方。那里有一个烟杂食品店，小是不小，可里面也是空落落的。因是早春乍暖还寒的天气，商店门口，挂着一幅厚重的棉帘子，粗蓝布，绗着线，就像一床农家用的被子。路对面，还有一个小小的邮局。边上呢，是18路公共汽车终点站。就这些，也够了。生活起居就是这样简单。大约过了一个月的光景，党校周围的草木绿了起来。不是像江南地方的葱茏的绿，因为地方大，气候又干燥。但树身是高大的，枝叶错乱着伸展得很开，草呢？七高八低地冒了出来，就有了一种庞大和杂芜的春意。吃过晚饭，我们成群结伙，在党校后边散步。记忆中，那里有一二幢住宅楼，兀立于空地上的大树，一道丘陵般起伏的土岗子，岗上有杂树林。但要我进一步地描述出位置、方向和具体的环境特征，就做不到了。它的面积似乎相当大，并且，漫无秩序。并且，终究有些单调，没有特别的景物做参照。我们散步过了，回到党校，各自用功去了。

宿舍是4个人一间，我们仅有的5个女生，住走廊尽头的一大间。原先班上只有3个女生，这样是不是要浪费一个名额了？校方又从地域出发，觉得上海这个城市仅有竹林一个学员似乎委屈了，便委托上海少儿出版社，再推荐一名女生。恰巧，我正开始写作儿童文学，又不像其他几名候选人，比如王小鹰那样，在大学本科就读。于是，就这样，我乘虚而入，进了讲习所。在我来了之后，北京却又将一名男学员换成了女学员刘淑华。所以，老师们有时会和我开玩笑：要是刘淑华先来，你就来不了了。这真是万分幸运的事，想起来都有些后怕。我将进讲习所看得很重大，我也知道并不是所有人都这么看的。不是有人不来吗？先是贾平凹，后是母国政，最后才换上刘淑华。可这也影响不了。讲习所是我生活的转折点。

我们才来不久，就搬了一次家，从走廊那端的4人间搬到这端的5人间。后窗正对着后院，院里有一个浴室，每周六烧锅炉供热水。先是女生洗，再是男生洗。浴室很小，不晓得出于什么样的原理，它就像一个共鸣箱，将声音放得很大，然后从顶上的小气窗送了出来。所以，坐在我们的房间里，哪怕关着窗，浴室里的声音也清晰入耳。并且，很奇怪地，他们男生进了浴室，都喜欢唱歌。像贾大山这样，平时缄默的人，也放开嗓子唱起来。唱的是他们那地方的戏曲吧？很高亢的声腔。等洗澡的喧哗过去，后院便静了下来。

课堂是兼作饭厅的。前面是讲台和黑板，后边的角落里，有一扇玻璃窗，到开饭时，便拉开来，卖饭卖菜。里面就是厨房。所以上课时，饭和馒头的蒸汽，炒菜的油烟，还有鱼香肉香，便飘忽出来，弥漫在课堂上，刺激着我们的食欲。1980年的北京，吃，还是一个问题。饭票是分作面票和米票的，10斤全国粮票，只能换4斤米票，其余6斤是面票。到现在还记得米票的样子，是一分钱纸币的大小，牛皮纸的颜色，用黑色的墨印着"米票"的字样，4两为一张。这样比例的米票，对于吃惯面食的北方人来说，正够调剂口味；而南方人，可就苦了。那时候，油粮都是定量供给，一个人一个月的地方粮票，要搭上一人一月的油票，才可换30斤全国粮票。我要是多向家中要全国粮票，就等于克扣家中的吃油了。所以，我无论如何，也不能花费超出定量的饭票。越是这样米票紧张，越是能吃米。4两一满碗的米饭，一眨眼就吃下去了。与此同时，是对面食不恰当的厌恶，以致到了后期，闻到蒸馒头的酵粉的微酸的蒸汽，就要作呕了。可是，没有办法，还是要吃。别人似乎多少有些办法，在北京有一些关系，可多得几张米票。他们也会匀给我几张，虽然有限，但聊胜于无。有一回，我在卖饭的窗口，与里面商量，能不能用面票当米票用，只此一次。那食堂工作人员很和气，却很坚决地不肯通融。排在我后面的，吉林作家王世美，目睹了这一情景，二话不说，从兜里拔出一捆米票，刷，刷，刷，抽出一堆米票在我面前。

不开课，也不开饭的时候，我们会到这里来写东西。东一个，西一个，散得很开，各自埋头苦作。遇到不会写的字了，就转过身去问："陈世旭，'兔崽子'的'崽'怎么写？"越过几排桌椅，远处的莫伸则插嘴道："安忆也要用这样粗鲁的字吗？"有一些小说就是这样写出来的。环境是杂一些，可心都是静的。我更喜欢在院子一侧的，另一座平房里的小会议室写东西。小会议室很小，中间一张拼起的长桌，周围一圈椅子。我们就围着桌子，各写各的。这里空间小一些，也隐蔽一些，就比敞开的大饭厅里更有一种静谧的空气。中间进来一个人，将手中的茶杯往桌上一放，发出咯的一声。于是，都从草稿本上抬起头来，去看新进的人。日光灯下，低头低得久了，猛抬起来，看出去的人脸都有些发黄，而且恍惚。复再低下头去，纸面上就有了一圈圈的光影，过一会儿，才散去。小会议室外的甬道边，有一棵，还是一行大树，是不是槐树？我不认树，记忆也模糊了，只知道枝条很粗，叶片很大，一层层的。月光将影子铺在地上。晚上，收拾了纸笔，从树底下，深深浅浅的影子上面，走回宿舍去。北方的月亮也是很大的。

写作总是在晚上，因为白天课排得很紧。老师对我们说：不要错过听课，写作的日子长呢！还许诺给我们，在学习期末一定安排写作的时间。一周6天，上午下午都排了课时。古典，西方，现当代，基础类的，思潮性的，理论的，实践的——这是请著名的作家来作创作的经验谈，我们听了多少课啊！有一位北大的老师，来讲俄国文学，讲《安娜·卡列尼娜》，说贵族的社交场，主要是举办舞会。他走到讲台前边，离我们很近地，用手罩着嘴加了一句：就像我们的开会！他讲得很好，上午讲完了，我们要求他下午再接着讲。老师真的将他留了下来，吃了一份客饭，睡了一个午觉，又讲了一个半天。吴组缃先生讲《红楼梦》，也是这样。讲了一次，不够，再让老师去请来讲第二次。因此，在规定好的课程外，又有些即兴的，多加出来的课。

吴组缃先生讲《红楼梦》，至今还在眼前。他微侧了身子，坐在讲桌后面，摆开长谈的架势，谈兴很浓。说到激动的地方，就隔了讲桌欠过身子，眼睛很亮地盯着前排的学员，好像要问他：你说是不是？他讲他的一个瑞典还是哪里的外国留学生，跟他学了3年的《红楼梦》，临毕业时，向他提了一个问题。大意是从地形上看，怡红院和潇湘馆实是不远，他们为何不能同居，抑或是出走？吴先生说，听了他的问题，便感到这几年是白教了，因他不懂得中国的社会，所以就不懂得宝黛的悲剧。你们知道吗？黛玉为什么老是和宝玉吵？吴先生问大家。黛玉为什么这么别扭？老要试探宝玉，而宝玉一旦表露心迹，她又要说宝玉欺负她？然后，吴先生便说到男女大防。在婚前，不能有一点点有涉的，否则，即便像宝玉与她这样的两情相知，都难免会小视她。他们就必须借别的一些事，来谈情。在他们感情史上决定性的一次交流，是宝玉挨贾政的棒子。黛玉去探望，说道："你从此可就改了吧！"宝玉回答说："你放心，别说这样话，就便为这些人死了，也是情愿的。"吴先生认为这是大有深意的，其实是宝玉向黛玉的彻心交代，而黛玉也听懂了。所以，在此之后，黛玉再没同宝玉闹过小性子。可是，吴先生不禁愤怒起来，越剧《红楼梦》竟然将情节顺序颠倒了，将黛玉在怡红院吃闭门羹，与宝玉生隙这一场，放到了宝玉挨打之后。宝玉已经向她说了：就便为这些人死了，也是情愿的。这里的"这些人"，就是黛玉啊！黛玉怎么会再对他生疑？这是个大大的错误！吴先生感情十分投入地认为，"金玉良缘"是个阴谋，书中有许多迹象，证明薛宝钗对贾宝玉窥觑已久。比如，薛家进京，说是送宝钗宫选，可是为什么后来就不提了，再没有下文了呢？吴先生从讲桌后面欠过身子问我们大家。还有，不是说宝钗"不爱花儿粉儿"，装束简朴，可为什么偏要时时戴个项圈？吴先生讲《红楼梦》，真是好听，就像在与你辨析一段世事，其中深谙着许多缘故端底。

听课以外，还举办过几次课堂讨论。记得有一次，好像是假期过后的一次，讨论小说形式的创新。贾大山很认真地准备了一份书面发言，逐字逐句地念了下来。方才说过，他是一个缄默的人，但也可能是在公众场合，私底下，他或者是相当善言的。那时候，我们班上的学员也是一拨一拨的，由于年龄、经历，还有地域的差别，他不是我们这一拨的。所以，我们看到的矜持的贾大山，就只是表面。即便是从表面上，也还是可以看出他的活泼与俏皮。在他无限恳切的表情之下，隐忍着一丝明察秋毫的笑意，就是这，使他虽然沉默寡言，却绝不是乏味的了。这一天，他在讨论会上宣读了他的这份假期作业，专门谈意识流。这时节，意识流是个新概念，它给我们保守了多年的小说带来了一个新的契机，已经有意识超前的作家在使用它了。尽管还并不完全了解它内部的、心理学和语法学背景下的含义，但仅仅是表面上，它的那种将叙述切碎了，又将某种细节夸张了的方式，就足够我们见识的了。这时节，刚刚走出封闭，世界100年的思潮向我们扑面而来，都来不及地听、看、汲取。贾大山发言中说，他在假期里，也写了一篇意识流的习作，现在，他就将这篇习作念给大家听。他的小说是写收割的，记得最清楚的，是关于田野里草帽的描述，大致是：草帽，草帽，草帽，大的草帽，小的草帽，起伏的草帽，旋转的草帽，阳光烁烁的草帽，草帽，草帽，草帽……大家早已笑得前仰后合，而他始终不笑，坚持将小说读到底。他以农民式的狡黠表达了对这些半生不熟的现代小说观念的怀疑，其中是有一些保守，可是也包含着坚守的态度，坚守他一贯遵守的经典叙述原则。那种以创造人物与故事为最终审美的叙述原则，其实是困难的，对作者的想象力、生活经验以及语言能力都是永不歇止的挑战。不是吗？贾大山的"草帽，草帽，草帽"不是很简单、很方便？他一针见血地指出，现代小说技法掩盖在另辟蹊径之下的是叙述的软弱。直到他终年，他都没有向叙述的严格性妥协过，他不多的那些小说，无一不是遵循着经典的原则。

我忘不了，有一次在水池边洗衣服，遇到贾大山，他对我说：你发在《河北文艺》上的《平原上》，写得不错，我和张庆田——就是《河北文艺》主编说，这孩子会有出息。《平原上》是我的第一篇小说，还是由我妈妈送到《河北文艺》去发表的，多少带有些"后门"的性质。一篇3000来字，排在很后面的小稿，谁能看见呢？可贾大山看见了，还断定我会有出息，真是莫大的鼓舞啊！而我相信贾大山的眼光，也相信他的诚实天性，他不会是因为我妈妈的缘故恭维我。

当时，在讲习所，我可实在是没本钱，倘若不是前面说的那个偶然因素，我是进不来讲习所的。周围的同学们，我只在杂志上读到他们的名字，都是我羡慕和崇拜的人。然而，大家都对我很好，并且，我也能看出，这里边并不全是因为我妈妈的缘故，我得到了许多真诚的关爱。

同学中，有不少在当地主持刊物的工作，他们竟也来向我约稿，这其实是很冒险的。由于讲习所集中了这么一大批新时期文学的中坚分子，编辑就络绎不绝地前来约稿，可是没有人向我约稿。再是自谦，也是不自在的。逢到这时候，我便知趣地走开去。我也忘不了东北作家王宗汉，他约我为他主编的《江城》写一篇小说，我如期写完，交给他。他看了之后却说：这篇给《江城》可惜了，我替你给了中青社的《小说季刊》。这篇小说就是《小院琐记》。还有蒋子龙，约我给《新港》写的《命运》，当他在饭厅里和我谈修改意见时，我激动得气都急了。我觉得他们都很像我的兄长，一点不嫌弃我，在我最需要帮助的时候，提携了我。

　　大约是在讲习所学习的后半期，不知如何开的头，我们兴起了舞会。周末晚上，吃过晚饭，将桌椅推到墙边，再拎来一架录音机，音乐就放响了。先是一对两对比较会跳和勇敢的，渐渐地，大家都下了海。那时候，大多数人都不大会跳，而且，跳舞这事情也显得有些不寻常。所以，跳起来，表情都很肃穆。要罗曼蒂克地，一边闲聊一边走舞步，那是想也别想。在刚开放的年头里，每一件兴起的事物，无论是比较重大的，比如"意识流"的写作方法，还是比较不那么重大，跳舞这样的娱乐消遣，都有着启蒙的意思，人们都是带着股韧劲去做的。记得那年的"五一"节，讲习所放假，张抗抗挑头，我，陈世旭，艾克拜尔，还有叶辛，一行5人去八大处玩。在一处空着的偏殿里，传出节奏激烈的音乐，大家争相拥去，将偏殿围得水泄不通，偏殿里有七八个男女在跳摇摆舞，地上放着架录音机，音乐就是从那里面发出的。他们穿着喇叭裤，女孩子穿着男式领角的衬衫，衬衫下摆束在裤腰里，十分摩登。看上去，他们也算不得多么会跳，胯和腰的扭动有些生硬，也并不都能踩在点子上。可他们顽强地扭动着腰胯，一曲结束，便有人立即过去，将磁带翻个面，再续上一曲，接着往下跳。

　　讲习所舞会开张，党校食堂里的那几个年轻人也来参加，他们带来了录音机、磁带，还有舞伴。他们都比我们会跳，可做我们的老师。再后来，有些杂志社的编辑也来赴我们的舞会。后来，我们安排到北戴河度假，也带着录音机和舞曲的磁带。晚上，我们走到海滩去跳舞，夜晚的北戴河，与白天很不一样，它显得相当荒凉。海和天都很黑，而且空阔。海水一层层地拍着岸，听起来没什么声响，可录音机里的乐曲却变得虚弱了，原来，它们是有着巨大的轰鸣。说实在的，舞兴也不怎么样。柔软的沙地裹着脚，走不开步子。可我们还是坚持跳着。不一会儿，四周就围上了一些当地的小孩子，站，或者蹲在暗夜里，默默地望着我们动来动去的身影。

　　那时候，生活是简朴的。讲习所里有一台彩色电视机，可彩色还不如黑白的清楚。永远调不准频道似的，所有的图像都在不停地抖动和变形。偶尔碰巧了，出来一个盛装的女人，报幕还是歌唱，大家便惊异地问：这是谁？其中一个就回答：谁？妖精！又有人逗蒋子龙的小男孩，问：你家有吗？有！几个色？两个色！什么色？黑的和白的！小男孩反应特别敏捷，应对如流，一口的天津话，将"色"说成"塞"，发第三声。

　　常来讲习所玩的孩子，还有王宗汉的一儿一女。儿子王家男正处在少年的飞跃性发育阶段，身量很高，特别瘦削，脸呢，还是幼稚的孩子脸，异常的沉默。但即便在这种身心不平衡的成长时期，他依然是温顺与安静的，可见得他柔和的天性。后来看到他写的小说《乡恋》，一下子与他的少年形象联系起来了。女儿的名字起得很好，叫做"可心"，人也长得"可心"，那时才齐桌高。两年前，忽然接到一个女孩子的电话，声音特别清亮，代表东北某家报纸来约稿，自称是"王可心"。不由吃了一惊，有多少时间过去了呀！

　　校舍后面是一个操场，有篮球架，讲习所与党校举行过篮球友谊比赛。还有一张乒乓桌，但拍子和球似乎不太好找，偶尔凑齐一副，就打上一阵子，然后又没了。

还有就是散步。一边散步，一边聊天。聊的呢，大多是文学。那时候，真的很热衷谈文学，一点不是矫情。而是很认真，也很自然，谈自己的思想和构思。古华的《爬满青藤的木屋》，还有《芙蓉镇》，就是在那时候讲给我们听的。听着就觉得好，不料，写出来，更好。也谈苦恼。河北作家申跃中，20世纪60年代就写作了。那时，拘泥着写，还能写出来，现在，放开了，反而写不出了。他说，他就好像是一张网眼特别稀的网，打下去，东西都从网眼里漏了。

读书也占了许多时间。讲习所有一个小小的，只一间屋的图书馆，管理员叫小井。书不多，有一本新来的好书，便永远地在人们手里周转，回不到书架上。那时候，有一本很抢手的苏联小说，叫做《白比姆·黑耳朵》，陈世旭看着，看着，就独自在房间里踱着步，大声朗读起来。人们走过他的房间，都朝里望一眼。

晚上，党校的学员走了，工作人员也走了，就剩讲习所的这些人，在各自的房间里，做着自己的事情。偶尔从开阔的房门里，传出一两句说话声。等大多数宿舍关了灯，走廊里会响起一阵脚步声，是最后一班18路汽车将哪个人送回来了。也有来串门看朋友的人，也得赶18路的末班车回去。

然后，讲习所就组织去北戴河了。很隆重地，出发之前，我和抗抗，还有叶辛，特地去了趟王府井，买旅行用品。买了太阳镜、遮阳帽，我没有买到合适的游泳衣，后来是小井将他妹妹的游泳衣借了给我。男式的游泳裤倒有，但叶辛又不想买了。他的思路是这样的：假如买了游泳裤，他就要去游泳，假如去游泳，就可能淹死。最后，在抗抗的连笑带骂之下，他不得不买了游泳裤。到了北戴河，他就穿了新买的游泳裤，站在齐膝的海水里，用手蘸了水往身上拍。脸上的表情多少有些愁苦，好像不是出自情愿，多少是由于某种压力。去海滨游玩的东西准备齐了，上路了。

到了北戴河，住下，所领导古鉴之立即召集开会，作一番讲话。大意不外是让大家好好休息，好好玩，注意安全，通过这机会，更进一步地互相了解——所以，不妨打破圈子，广泛地接触、交往，比如——古鉴之老师举了一个例子，乔典运也可以和王安忆一起散散步，聊聊天嘛！大家便哄然大笑，大约是觉得乔典运与我太不相似了。乔典运来自河南农村，是学员中最年长的一位，当年已是49岁。开学初，天还寒冷，他就穿一件对襟的黑布棉袄，理着一个发茬很低的平头，完全是一个田里的把式。但他有着相当沉着的气质，这是内心生活在起作用，这使他变得睿智。大家拿这话取笑了很久，老乔则很厚道又不失大方地说："其实我和安忆经常聊天。"

北戴河，蓝天绿海。都是刚走出暗淡的生活不久，不相信好日子就这么轻易地来了。往后的日子其实越来越好，可是再好哪有刚开始的时候新鲜？有希望？

住的招待所面向大海，走过去只几百米。我们成日价泡在水里，也不管是会游泳，不会游泳。然后在沙滩上晒太阳。沙粒很细，滑润，均匀。早上，潮退去了，留下了贝壳，海星，花石子。拾一捧，看看，有更好的，就丢了，再拾一捧。太阳一点一点升高，绿海就变成金海。

北戴河有一家德国西餐厅，"起士林"。在当时看来，极其豪华，价格也贵得惊人。那时候，花钱还很节制。人们大多是走过看看，真正进去吃的很少。所以，店堂里相当冷清。抗抗请我吃了一次色拉，艾克拜尔庆贺得子，又请我和陈世旭吃了一回圣代。陈世旭将他杯中的搋奶油都分给了我们俩，他说他是吃野菜的命，欣赏不来这洋玩意儿。

讲习所还向渔船上买过一回海螃蟹，请招待所的食堂煮了给大家尝鲜。可惜大部分北方同学吃不来，也不赏识，草草地嚼一遍，丢下一桌子蟹钳蟹脚，走了。

北戴河是讲习所生活的高潮，从北戴河回来，多少有些人意阑珊。

回来不几天便放假，一个月。等一个月以后，大家从各地家中纷纷返校。离别了一段，重聚一起，就又有了些重新开头的喜悦和振作。彼此看看，都有点变样，新理了头发，换了装束，身上脸上染了些家庭生活温暖又私密的气息。本来已经稔熟了的，这时候又生分了似的，不大好意思。散了一半的心这会儿又聚拢起来，但总归是向收尾上靠了。各人忙着写毕业作品，交上去，所方则四处联络刊物审阅与批用这些作品。学员们又提出，讲习所能否出面，向各人所在单位请一段时间的创作假，作为讲习所课程的延续。再有，举行一次答谢导师的宴会。

讲习所的前期是上大课，后期则效仿研究院的导师制。每三至五人，认一位导师，导师是由著名的作家担任。我，瞿小伟，郭玉道，因是写儿童文学，所以，就跟了金近老师。

瞿小伟是北京的青年，当时在《北京文学》上发表了一篇小说，《小薇薇》，写一对小儿女跟了父母在干校里的遭遇。和描写那个时代的故事一样，结局是凄楚的，但是却流露出特别纯真和温暖的感情。里面还有一条忠实的大狗，就像所有天性善良的男孩梦想中的伙伴，最后也伤心地死了。这篇小说后来和我的《谁是未来的中队长》，一同获得了全国第二届少年文艺创作二等奖。颁奖正是在讲习所的学习期间举行，这使得默默无闻的我们俩，多少争得了一点荣誉。他和我同是讲习所里唯有的共青团员，所以，开学的第一天，就由我们俩，再加上打字员小林，组成了一个团小组，由共产党员、军人作家李占恒来领导我们。郭玉道来自青海，其实在那时候，他已经呈现出疾病的征兆，可谁也没有注意。他消瘦，面色萎黄，精神多少有些不济。他似乎不顶合群，也许只不过是性格羞怯，不惯于在人前说话。在他的宿舍里，还有我们共同去赴老师家上课的路上，他还是活跃的。

我们3个人一同去金近老师家，路上需转2路或是3路汽车，再要走一段。我们到的时候，老师已经候在那里了。准备好了茶水，还有盛在菜碗里的半碗杏子。金近老师是江浙人，说乡音很重的普通话。但绝不会听不懂，于我来说，还很亲切。因在上海，多是听到这样的普通话，它比字正腔圆的北方话，要家常得多，也温婉得多。因是夏季，他多是穿着汗背心，手上持一把蒲扇，和我们说话。他看上去，就像是个乡下小老头，可这"乡下小老头"，却有着骨子里的优雅：安静，温和，从容不迫。他显然不善言谈，甚至于还有些不安，不知该对我们说什么。他很努力地想着，想一句，就说一句。而他又没有一丝一毫应付我们的意思。他特别愿意同我们多说一些，把写作的秘诀教给我们。可是，写作有什么秘诀呢？像老师这样一个诚实的人，是连一句虚浮的话也说不出来的。所以，我们在他家，就坐不长，大约一小时，便告辞了。可是，我们每一次都定好下周的上课时间。到时间，一准去，老师也已在等着我们了。

谢师宴会在朝阳区委党校的饭厅里举行。党校的伙房很有些军队应变作战的素质。平常日子里，玉米面饼，大楂子粥，米饭一碗碗蒸着，菜是大锅炖煮，大勺子满当当地舀到一溜排开的搪瓷盆里，然后，打铃开饭。可到了要紧时刻，它八冷盘，八热炒，大菜甜食，说上就上。办事情的杯盘碗盏也都拿出来了，虽不是细瓷描花的，可却齐齐整整。饭厅里一下子布满了餐桌，一圈冷盘中间，立着酒水瓶子。5时许，导师们陆续到了，由各自的学生陪着，参观讲习所驻地，又到院子里树底下照相。金近老师也来了，穿一件白衬衫，手里提一个人造革的黑拎包。导师自然是和学生坐一桌，桌边放的都是长凳和方凳。我们中的谁就到宿舍里搬来一张靠背椅，要老师移坐到椅上去。金近老师一定不肯，说这样就蛮好，觉得我们实在多此一举。我们则一定要他坐椅子，瞿小伟还站起来，从金近老师的身后，双手扶住他的肋下，要将他强持到椅上。瘦小的老师在高大的学生身下，滑稽地挣着手，就是不从，都快要生气了。我们到底强不过老师，只得作罢。晚宴开始时，还矜持着，等喝了酒，气氛就松弛了。那时候，吃喝的事情还不太经常，大家都兴奋得很。说话的声音也大了，酒呢，敬来敬去的，都有三分醉了。金近老师看来是不惯于这种喧哗的，但他不扫人兴，等到有人陆续离了席，他才说要走了。然后，我们3个人送他去搭乘18路车。走在通往汽车站的黑漆漆的土路上，师生4人都放松下来，说着闲话。走一截，有了路灯，将我们几长几短的身影，投在地上。车暗着灯，敞着门等在终点站，老师同我们一个个告别，就转身上车。瞿小伟又伸出手，扶住老师的肋下，托他上了车。车门关上，车灯亮起，驶离了站。我们3个人，再荡啊荡地，荡回讲习所。已是秋初，风很凉爽，月亮升起来了。

离开讲习所以后，是多少日子？3年，还是5年？传来了郭玉道患癌疾逝世的消息，他是我们中间第一个早逝的同学。接下去，就有乔典运、贾大山，相继而去。他们都是贫瘠地区的农人，艰苦的生活，在一定程度上损害了他们的身体，繁重的思想劳动又雪上加霜。

金近老师也离开了我们。讲习所过后，老师寄给我一本童话书，名叫《爱听故事的仙鹤》。这一篇中，写了一个作家，60多岁，灰白头发，瘦瘦的，人们都管他叫"乡下爷爷"。这其实就是老师自己吧。现在，他也像文中的"乡下爷爷"，在对我们说："我要讲的童话，还没有讲完哩。"

讲习所结束之前，我们还举行了一场舞会。大家期待着，再热闹一次，可已是曲终人散的气氛了。有人在打行李，宿舍里散乱着书籍、纸张。有人忙于和北京的亲友告别，在房间里待客，或者出门去了。来跳舞的就也心不定，过来坐一时，再走开一时。倒是一些外来的编辑，或是党校工作人员，和他们的熟人，在场子里舞着。

然后，一个一个走了，房间一个一个空了下来。卸下蚊帐，一下子露出了前后的窗户。窗外是北方的杨树，叶子茂密，在秋日的阳光下，翻着亮片，闪闪烁烁。真是满窗绿色。

原载《散文选刊》2013年第10期

儿时的原

陈忠实

这道原·那道原

　　《大家》主编李巍打电话来，竟有瞬间的惊诧。重温那独有的说着普通话的口音，便感知到一种重逢的欣然，是伴着惊诧的欣然。大约有几年不通音信，依旧储存着这位彩云之南的老朋友的别致的口音，久别重逢的欣然就自然地发生了。他约我散文稿。我不仅贸然应允，而且随口提出让他命题，在我的生活范围内，看他对什么话题有兴趣；如果我确凿也有生活体验，便可谋篇。他说让他想想再说。他想过之后便点题了，让我写少年时期所经历的和白鹿原相关的生活。我当即应诺。这自然是地理概念的白鹿原。原是西北地区特有的一种地理地貌，实际就是一方小小的平原，大约因为规模太小而不能称为通常意义上的平原，故叫作原。有好事者为了区别原与平原，给"原"字左边添加一个"土"字变成了"塬"。其实古人都没有多此一举，白居易一首七绝写到白鹿原："宠辱忧欢不到情，任他朝市自营营。独寻秋景城东去，白鹿原头信马行。"且不究什么人干龌龊事惹得诗人心烦要到白鹿原上扬鞭驱马畅快抒情，单是说这"原"字原本就没有画蛇添足似的"土"字作偏旁。再如毛泽东的名作《沁园春·雪》里的"原驰蜡象"的"原"字，也未有"土"字作偏旁，而陕北地区也有规模大小不等的多种原，毛泽东把大雪覆盖的一道原拟为蜡象，足见得诗人的情怀和气魄。

西安周边有好多道原，城北有龙首原，自然是因其地形像一条扬头的龙而得名。据说汉高祖刘邦之所以把皇都圈定此地，要借龙脉之气象便是诸种因素中最重要的一点。从西安城端直往南靠近终南山的神禾原，传说远古时生长双穗的谷子，便有了神禾原的名称。曾经的西北王胡宗南在此原为蒋介石修建一座阔绰的行宫，老蒋曾站在原头观望原下的滈河小平原和背倚的终南山的风光。作家柳青于上世纪50年代初相中此地，在原头一座废弃的破庙里安家落户，兼职深入生活，一住就14年，创作出史诗著作《创业史》。悲剧也发生在这道原上，他的夫人熬不住"文革"的迫害，跳入井里饮恨而去了。神禾原东边是少陵原，两原之间有滈河流过。少陵原上有汉宣帝刘询和他的许皇后的陵墓，两座陵墓相隔一段距离，许皇后的陵墓规模较小，便有少陵之谓，且成为这道原的名称。此地在秦时曾设杜县，汉宣帝的陵墓被称作杜陵。然而，此原却是依其皇后的小陵墓而得名少陵原，竟然比皇帝刘询还风光。少陵原东边便是白鹿原，两原之间有颇为宽阔的河谷，发源自终南山的浐河自南朝北流过，河川里曾经有五六千年前的新石器时期母系氏族的人群在此渔猎，也种谷，村落遗址被称为"半坡遗址"，遗址旁边的村庄称半坡，位置在白鹿原的西边坡根下。白鹿原的北坡下，也是一道河川，有灞河自东向西流过，是发源地秦岭的山势造成的倒流河。灞河原称滋水，一个让人感觉温馨的名字，却被要称王称霸的秦穆公改为霸河，以显示其统一中国称霸天下的壮志和野心，后人为霸字添加了三滴水，成为灞河。

汉文帝把他的陵墓选定在灞河河畔的白鹿原西头的北坡上，史称霸陵，亦称霸陵原。"沛公军霸上"即是说刘邦和项羽夺咸阳时驻军在霸陵原上。霸陵原多见于史籍，民间尚未流行。北宋时，大将狄青在白鹿原西部屯兵养马，从此便将白鹿原改名为狄寨原，一直延续到今天，一个古老的镇子也称为狄寨镇。这道原东西长约50华里，南北宽30多华里，自东向西纵断着一条深沟，把此原割裂为南原和北原。我的家在北原的北坡根下，是一个五六十户人家的小村子。出了我家祖屋后门不过十来步，便是白鹿原的北坡坡根；走出我家前门不过五六百米，便可以掬灞河水洗脸了。在我从少年到成年的甚为漫长的岁月里，只知此原叫狄寨原，竟然不知诗性烂漫的白鹿原这个好名称。小说《白鹿原》出版20年了，褒贬且不论，却把尘封在《竹书纪年》里的白鹿原的名称复活叫响了……

割草·搂麦

出生在农家屋院里的男孩子，从小小年纪就帮父母干农活了。我却记不准自己究竟是从几岁开始动手干活的，按乡村人归结的普遍规律，说男娃子一顿能吃完一个馍馍，就是好帮手了。我据此判断，当在我六七岁的时候。我同样记不清先学会的是哪一种农活，却笼统记得我能干的农活有拔草、割草、搂柴火、搂麦穗、掰包谷和剥包谷等。幼年从事的这些农活，有的是我喜欢干的，留下了愉快的记忆；有的是难以承受的不想干却不得不干的，便铸成一种伤痛。

我最喜欢干的农活是割草。我家和隔壁一家同族本门人家合养一头黄牛。牛喜食青草。每当春天青草长出来，我便背上柳条编织的小号笼子提上割草的短把儿镰刀，下到灞河河川或上到白鹿原坡去割草了。当时不知白鹿原的名称，只说上坡割草。割草总是结伴去，几乎没有一个人独自行动的行为，除了结伴搭伙儿热闹有趣，还有至关重要的一条，便是安全。那时候沟梁纵横的原坡上还有狼族活跃其间，常常就有某人在某道坡梁或某条沟谷里撞见了狼，甚至还有某村的小孩被狼叼走的骇人听闻的灾祸发生。父亲总是在我出门割草时提醒，不要单个上坡，找俩伴儿一搭去。

村子里和我同龄或不差上下年岁的伙伴不过三四个，今日我找他，明日他会来找我，三四个人聚齐了，便商量确定到哪一条沟或哪一道梁去割草，说着谝着嘻嘻哈哈便走出村子了。麦子收罢进入伏天的酷热季节，阳光如喷火，伙伴们不约而同在坡梁下的沟道里遮蔽了阳光的背阴处坐下来，玩一种抓掷石子的游戏，或者打扑克，直玩到太阳西斜，才抓把短把儿镰刀去割草。最富诱惑的快活事儿是逮蚂蚱。蚂蚱有麦蚂蚱和秋蚂蚱，前者是生长在麦穗上发出吱吱吱的叫声，我曾和小伙伴们在麦子地里逮蚂蚱，着急处就忘记了已经黄熟的麦子，踏倒了麦子，招来麦田主人的叫骂。不过，这种麦蚂蚱叫声很单调，很快就把兴趣转移到秋蚂蚱这灵虫上来了。所谓秋蚂蚱，是相对麦蚂蚱而言的，在麦蚂蚱完成一次脱壳可以鸣叫的时候，秋蚂蚱才从埋在地皮下的卵蛋里化育成虫钻出来，满体嫩绿如同刚刚脱壳的绿豆。秋蚂蚱生长在长满酸枣刺棘的田坎上荒坡上和坟地里，捕捉很难。我和伙伴们根本等不得它完成三次脱壳羽化为可以鸣叫的蚂蚱，就在刺棘丛中寻找，常常被刺棘的尖刺刺得脚面和小腿布满血印也不在乎。逮着小小的秋蚂蚱，装进竹篾编的蚂蚱笼子里，每天喂它野谷苗的内芯。眼看着它在小笼子里一天天长大，完成三次脱壳成为一只羽翼丰满的蚂蚱，发出铃铛一样响亮有节奏的歌唱，我常常陷入一种沉醉。这种秋蚂蚱生命力很强，如果喂养精到，往往可以鸣叫到深秋以至霜冻时节才会完结，给平静也显孤寂的农家院子添一缕欢乐的声响……逮秋蚂蚱太专注也太投入，往往忘记了割草，无论逮着秋蚂蚱的兴奋或逮不着的懊丧，都会在拾起短把儿镰刀开始割草不久便淡化了，只畏怯草割得太少父亲那责备的眼色。

印象里最不愿干却不得不干的农活是搂麦子。我家有十六七亩土地，绝大多数分散在原坡上，只有三五亩可以浇灌的水田分作四五块散布在灞河川道里。养牛积攒的土肥，单是施到一年可收两料的麦子和包谷的水田里都不够，原坡上的单料麦子根本施不上一次土肥，那麦子长得黄不啦唧的样子，收割时几乎搭不住镰刀，散落在麦茬地里的遗穗就很多了。村子里乡民把这种成色的麦子称作猴毛，把小小的麦穗称作蝇子撒（苍蝇头），把割这种麦子称作薅猴毛。父亲把一块又一块全是猴毛似的麦子薅过，我紧跟其后用粗铁丝作耙刺儿的大耙子把遗落的猴毛搂起来。至今印象最深的是在离村子最远的称作唐家坡顶的那块地，这是我家在原坡上最大的一块地，大约两亩还多，周边没有一棵树。我拖着足有一米宽的粗铁丝作耙刺儿的大耙子，一耙紧挨着一耙从东往西搂过去，再从西往东搂过来，确也如同为这块刚刚薅过猴毛的猴子梳头又梳身。这个铁丝耙子倒也不太重，拖起来也不太累，关键是坡地上滚动的热浪太难忍受了，火盆似的太阳就在头顶喷火，被晒了大半天的麦茬子热气蒸腾，拖着耙子过去再拖着耙子过来的过程，是被翻来覆去地炙烤。尽管头顶戴着草帽，头皮和脸皮仍然感觉到难耐的烘烤的灼伤，身上和裸露的小腿更不用说了。从家里带来的沙果叶茶水早已喝光，汗水似乎已经淌干流尽，口干到连一口唾沫儿也吐不出，看着还有一大半尚未搂过的麦茬地，有种想哭却哭不出来的无奈。看到远处一块坡地上有一个同龄的伙伴也在搂着，心里似乎有一种安慰，农家娃娃都得做这种活儿，且谈不到劳动的单调和无趣，那时候还不懂这些高雅的词汇，尽管切实地承受着……而当某天晚上和父亲坐在院子里吃晚饭，抓起母亲刚刚蒸熟端到跟前的白面馍馍咬下一口时，父亲顺口便会说，白面馍香不香？香。爱吃不爱吃？爱吃。明年搂麦子，再甭噘嘴吊脸的了。搂麦子受苦招架不住的那阵儿，想到吃白面馍馍，你就有劲了……这是我最初接受的关于劳动的教诲。

祭 祖

我生活的村子叫西蒋村，新中国成立初仅37户人家，村子东头有一条沟，流着清凌凌的发源自原坡上的泉水，供全村人饮水、洗衣，也浇灌小块田地。沟那边有一个东蒋村，更小，不过27户人家，村子之间的距离不足两里路。两个以蒋姓作村名的村子，却没有一户姓蒋的人家。我问父亲，父亲说不清楚，问比父亲更年长的老爷爷，竟没有一个人说得清白。我生活的西蒋村几乎全是陈姓，只有两户郑姓的人家。陈姓共有一个老祖宗，我却搞不清老祖宗的大名了，然而，这个陈姓老祖宗当属35户陈姓人家的始祖，也当是第一个在西蒋村这块地盘上落脚的人，有族谱为证。

每到大年三十后晌，陈姓的成年男子领着虽然尚未成年却已懂人事的男孩齐聚我家，迎神拜祖。父亲早已把不大平整的上房中间的地面用湿土垫平砸实，清扫干净，把我家那张方桌擦洗得一尘不染，放置到后墙中间开着后门的位置；方桌上已经摆置了蜡台和香炉，还有4盘令人馋涎欲滴的油炸的馃子和点心；那幅族谱——俗称神轴——就摆在方桌上，近乎一丈长，平时架放在木楼上，到此时父亲把它拿下来了。待全村陈姓男人聚齐，由陈姓一位辈分最高年龄最长的老者主持仪式，开首是：点蜡上香。这项指令实际是老者发给自己的，话音刚落，他便拿起点燃的火纸，猛吹一口气，那自燃的火纸便冒出火焰来。老者先点着左边的插在蜡台上的紫红色蜡烛，再点着右边一支，再撮3根紫色的香，在蜡烛上点燃，一根一根又一根插入盛着细沙的香炉，双手抱拳，跪拜三匝，然后退居方桌旁边。在老者发出"点蜡上香"的指令时，侍立在方桌两边的父亲和另一位男子便举起族谱——神轴，缓缓地展开，再挂到墙上。也就在此同时，我家街门外便响起鞭炮的响声，夹杂着雷子炮的震天轰响。侍立供桌前的陈姓男人们，依着辈分的高低，一个一个走到供桌前，从香炉里抽出1根紫香（只有主持的老者上头一道香拿3根），在蜡烛跳跃着的火焰上点燃，双手搿着插入香炉，再双手抱拳举到额头鞠躬，然后跪地三叩首。有领着儿子的人，儿子在他右首照着他的动作做下来。我父亲在陈姓的辈分最低，我自然更低一辈了，轮到父亲朝拜列祖列宗的时候，已经剩下不足十来个人了（拜过的人都回家去了），我跟着父亲一起鞠躬跪拜，心里顿然也会潮起一种肃穆的感觉。

在我们家祭拜陈氏祖宗的事，据说有两个因由，一是我们家有一幢三间大房，尽管这幢房子已经分为两半，我家和叔父家各占一半，但作为敬奉祖宗展挂神轴却是宽敞的，几乎是别无选择的。大约到1949年新中国成立，村子里仅仅只有两三幢这种被称作大房的房子，多数村民都住着单面流水的比较窄小的厦房，厦房既供不起长宽都过一丈的神轴，也容不下祭拜的陈姓族人；再一个因由，据说是我爷爷曾经是村子里说话很有分量的人，尽管辈分低，却不影响他说话的分量，由他保存神轴年终祭拜祖宗就是顺理成章的事了。爷爷大约在父亲刚刚成年时便英年早逝了，尽管父亲不再具备爷爷说话的分量，但保护神轴祭拜祖宗的活动依旧在我家顺延。在我有资格跟着父亲跪拜祖宗不过两三次之后，这幅神轴转移到另一户人家，这户陈姓人家盖起了宽敞的三间新瓦房，而我家的老房子已经漏雨了，积雪融化滴溜的水滴浸洇了神轴——陈姓列祖列宗神圣到顶礼膜拜的族谱——那是不可饶恕的罪孽。在我跟着父亲到这户祭奉祖宗神轴的房子里去跪拜的时候，对祖宗的虔诚已产生自觉，却也因不在我家里而隐隐感到一缕空虚……再没过几年，在破除封建迷信的"大跃进"年头里，神轴——陈姓族谱据说被焚毁了，大年三十后响公祭的事再没有举办过。我也留下了无法弥救的遗憾，搞不清陈姓四辈往上的祖宗，更不知进入西蒋村的陈姓始祖的大名了。

原上有个名叫窑村的村子，乡民多姓陈，是从我们村子迁居到原上的窑村的一户陈姓人家繁衍的族群，每到大年初一，他们搭帮结伙从原上下来，到我家（后来到另一家）祭拜祖宗，原上原下两个村子的陈姓后裔相聚一堂，嘘寒问暖，说收成，谝笑话，其乐融融，我和那些跟随父亲来祭拜祖宗的男娃子们，已经结伙玩耍了，同宗同祖的血缘，似乎确有某种亲情的天然纽带相系结。

卖　菜

白鹿原上的这村那寨和白鹿原下的这寨那村的人家，多有亲戚关系，原上的姑娘嫁到原下或原坡上的某户人家，也多有原下的姑娘嫁到原上某个村寨的人家，亲戚间的往来就很频繁。单就我们这个不足40户人家的小村庄说，竟然有六七户人家都和原上有这种最亲近的亲戚关系，而我母亲的娘家（我的舅舅家）就在白鹿原西头的五坊村，两个姨妈家也在原上的两个很大的村子。这样，在我尚未懂事也爬不动坡上很陡的土路的时候，据说是由父亲背着我上原，每年正月头上去向舅爷舅奶舅舅舅母拜年。到我能走得动的时候，一大清早起来便跟着父亲母亲出门上路了，从我们村子通舅家的原上的村子有一条斜路，大约七八里，尽管天气很冷，走上原头的时候早已浑身淌汗了。

走上原头的感觉是奇异而又新鲜的。天太宽阔了，直到眼睛所能抵达的模模糊糊的终南山的群峰（那时候尚不知终南山的称谓，当地乡民只说南山）；往北看，对面的北岭（即骊山的南端，同样在那时尚不知骊山的称谓，当地乡民只说北岭），竟然遮挡不住天了；原上一马平川，远远近近散落着大大小小的村寨，无论如何望不见东边原的尽头，便有一种神秘感。我之所以会有这种感觉，完全是我生活的小村庄所在的特定地域造成的。我们的村子紧紧倚靠着白鹿原的北坡，站在村子的任何一个角度，满眼都是熟悉不过的坡坎和崾梁，刀裁一样的原顶遮住了天空；往北看，便是骊山的南麓，同样遮住了天空；在南原和北岭之间，蓝的天或阴的天，永远都是窄窄的一条长绺的天空，当地乡民自我调侃说，生在咱这地方，一辈子只看一绺绺天。绺绺，通常是说布条的，一绺布条。在我能够独立走上白鹿原的时候，宽阔的天和平坦无边的地让我发生奇异的感觉就不足为奇了。

在我更生动鲜活的记忆，是上原卖菜。

在我考上中学的时候，家庭的经济来源没有了，父亲种树卖树供我们兄弟俩上学，无奈树长得太慢，供给不上两个中学生的学杂费；村子里已经建立了农业合作社，即使劳动有盈余，也得等到年终合作社决算后才能分配，况且多数人家都是倒贴户。我在父亲完全无法可想的困局里，上完初一第一学期便休学了，后来在政府的帮助下复学，却错过了一个年级。记得是在复学读完初一的那年暑假，出现了学生卖菜挣学费的新鲜事，而且很快形成了一股风气。那些和我一样先后考入初级中学的乡村学生，其实大多数的家境相差不了多少，十个有九个都上不起每月大约要花费10元钱的学生灶，都是背着一袋子馍上学，每天三顿都是开水泡馍，伴着辣椒酱或咸菜。即使如此节俭，每学期开学的10多元学杂费仍然成为每个学生家长的重而又重的负担。这一年的暑假，不知由哪个村子的哪位脑门儿活泛又灵动的学生闯出一条挣学费的生财之道，从原下的农业合作社的菜园里趸下时令蔬菜，第二天一早挑着菜担上原，到原上的镇子上去卖，赚下钱来，到暑假结束便高高兴兴交学费了。我很快就加入到这个刚刚形成的学生卖菜的不大不小的群体中了，心劲颇高，不用再担心失学了。

白鹿原上自古缺水，俗称旱原。无论大村小寨的乡民，吃水是最大的困难，靠人力打下的深井，水多不旺，而且是人力所能挖到的极限深层了。吃水历来困难，种庄稼自不待说是靠天吃饭，每年只种一料麦子，不种秋田，在于秋禾更费水，而当地的气候特征恰恰是十年有九年的伏天都缺雨水，蔬菜就更谈不上种植了。原下人调侃原上人说，宁可给你一个馍，不舍得给你一碗水。更有甚者说，原上人早晨起来，为节省洗脸水，夫妻兄弟姊妹面对面吐唾沫儿洗脸……原下的一个又一个村庄，门前流着丰沛的灞河清流，每个村子都有引灞河水自流浇灌的水田，还有不少稻地。在个体经营时代，几乎每个村子都有一两户心灵手巧善于抚育蔬菜的农民，便有了收入强过普通庄稼的菜园；到上世纪50年代中期农业合作社建立后，每个社里都有相当规模的蔬菜种植地块，作为合作社的副业。我们村子就有五亩地种植着传统的韭菜、大葱、蒜苗、茄子、辣椒和刚刚引进的洋柿子（西红柿）等，合作社社员把这些蔬菜挑到原上的镇子去卖。原上人自古以来就吃着原下人种的菜。

我在我们村子的合作社的菜园里趸下时令蔬菜，多是大葱、韭菜、茄子和西红柿，总量一般不超过50斤，这是15岁的我挑菜上原所能承受的极限重量。

我和村子里的小伙伴一起挑菜上原。天微明便爬起来挑着装满蔬菜的竹笼出门了，走不过1里平地便上坡，目的地是狄寨镇——我尚不知是用北宋大将军名字命名的镇子，大约10华里远，上原后到镇子还有约3华里平路，上原的陡坡路占过大半。我挑着蔬菜，出村子时尚不觉得压迫，很快走过1里平地开始踏上上原的坡路的时候，那装着蔬菜的两只竹条笼便沉重起来，出气也急促了，汗水也冒出来了，直到肩膀疼痛不堪双脚也难以跨步的时候，便招呼伙伴歇一歇……从出家门到上到原顶，少说也要歇四五回，上到原顶的那一刻，肩头的担子几乎是扔到地上的，当即躺倒在地，汗水似乎汹涌而出，喘着粗气的嘴连叫妈的气力都没有了。然而，心里却是一种成功的轻松，最难的坡路爬上来了。待喘息初定，便拿出用布包着的馍来，肚子也咕咕叫起来，吃完一个馍，便挑起两笼蔬菜直奔狄寨镇了。

狄寨镇街道的两边，任由各种商贩自选位置，先到者便先占得街道中间人来人往最稠密的一方地盘。我选定地盘放下装菜的竹条笼，把各色蔬菜都亮出来，便坐在地上迎接买菜的顾客。上世纪50年代中期的蔬菜价格，我从合作社趸来的时候，韭菜大约5分钱1斤，大葱1角钱，西红柿七八分钱，挑到镇子卖出时的价格都要翻一倍，开始时咬紧牙关不给购菜者讨价还价的机会，如果销售不顺利，便只好忍痛降低售价了。印象深的事是算账麻烦，那时候还用的是16两为1斤的秤，买主如果买整数的蔬菜很好结账，如果1斤2斤又带着3两4两，结算就犯难了，我便用小木棍在地上划拉乘法运算，往往惹得那些大叔小婶瘪着嘴笑，逗我说这个"土算盘"算的账准不准？然后才掏出钱来付我。如果卖得顺利，到人去集散的时候卖完最后一秤菜，挑起空笼走出集市的时候，便有一种想喊想唱的快乐；如果眼看着街道上的人越来越稀，笼里的蔬菜还剩下不少，便着慌了，很自然地减价，而且大声呼喊着"便宜了减价了快来买呀"之类的吆喝；如果仍然无人问津，便只好和同样没有卖完菜的伙伴重新挑起菜笼，到镇子周边的村子去叫卖，肯定会贴本儿，这是令人丧气的事。

从初中一年级到高中一年级，每年暑假都是以割草和卖菜为主要劳动项目。原上有三个较大的集镇，另两个集镇每逢集日，除过下雨天，我都会挑着两笼蔬菜去赶集，多数时日里都可以赚1元上下的人民币，也有赚不到钱乃至亏本的倒霉事。无论如何，每到暑假结束背着一袋子馍上学去的时候，口袋里装着我自己卖菜挣来的学杂费，是一种坦然，乃至骄傲。有一年卖菜收入颇丰，母亲竟到供销社买来机织的"洋布"，在镇上的裁衣店为我做了一件四兜的制服，我平生第一次穿上了制服。

木板·秧歌

1950年春节过后的一天晚上，父亲把我叫到方桌前，郑重却也平和地说，你明日个去上学。我也不觉得太惊奇，上学的事在年前已经说过不止一回了，只是明天就要走进学堂的时候，还是有一种说不清楚是紧张或是受制约的异样的感觉。我没有说话。父亲接着把一支新买的毛笔递给我，还有一沓写大字的仿纸，说，你跟你哥合用一个砚台。我哥早我两年上学，笔墨纸砚备全。我接过写大字的毛笔，拔下那个竹筒笔帽儿，毛笔的竹杆尖头是一撮紫红色动物毛做的笔头，我当即联想到在原坡上割草时撞见的狐狸尾巴的毛，据说好毛笔都是用狐狸的尾毛制作的，称鸡狼毫。

学校设在村子东头的一孔窑洞里。我们的村子倚着白鹿原北坡的坡根自东向西排列，我家是西头倒数第二家，后门外的坡地却是河卵石和河沙的沉积层，这是不知几千乃至几万年前，灞河曾经流过的河床。村子东头却是黄土崖，不见一粒沙石，村民便在崖根下凿成冬暖夏凉的窑洞。这里的窑洞又高又深且宽阔，里边用土坯垒成隔墙，一家两代乃至三代共住一孔窑内。作为学堂的这孔窑，是村子里有房子住的一户人家放置杂物的闲置的窑洞，提供给乡民作学堂，已经使用许多年了。这孔窑洞学堂容纳着二三十个学童，是我村和东蒋村以及处于原坡上的仅有10多户人家的史家坡三个村子的求学的子弟。请来的教书先生的报酬，由上学的学童的家庭分摊，那时候不论钱而论麦子，大约是新中国成立前国民党的纸币贬值得和废纸一样，人们常说背一口袋纸币买不来一口袋麦子，乡民们的交易便是以物易物，无论卖地卖树嫁女儿，都以麦子或包谷为易物。聘请来的教书先生，也是议定一学季给多少斤麦子，具体给多少，我那时不用关心。

我拿着父亲昨晚交给我的毛笔和一沓写大字的仿纸，拘束而紧张地走进那孔窑洞，在自家的方桌旁的自家的长条凳上坐下来。那个时候的乡村学堂，没有公用桌凳，由学童搬来自家的方桌或条桌和凳子上学，有的学童的家长约定合用一张桌子，我家的方桌四边可以坐8个学童，我和我哥之外，另有四五个同村的学童共用一桌。

紧靠窗户是一个土坯垒成的炕。紧靠炕边支着一个方桌。桌上摆着一摞书和一摞纸，还有一个插着粗杆细杆毛笔的笔筒，还有磨墨的砚台。先生正襟危坐在桌边的椅子上。先生很年轻，穿一件淡蓝色长袍，正在给学童写影格。初入学的学童先把先生写好的影格垫在仿纸下面，然后按着影格上的字的笔画在仿纸上照写。我不敢到先生的方桌跟前去，由我哥把一方仿纸送到先生桌上，要求为我写一方影格。约略记得是从一到十最简单的十余个字，我把影格铺到仿纸下，模模糊糊可以看到仿纸下的笔画，用蘸了墨汁的毛笔照写起来，尽管横笔不直竖笔歪扭，却总算是我捉笔写出的第一张汉字了。

印象里的先生眉目清秀，却不苟言笑，看去和善的脸上，一旦被哪个学童惹得生起气来，也够怕人的，顺手便抓起摆放在方桌上的足有三尺长的窄木板，抽打那个学童的手掌，打得学童尖声哭叫，他也不会饶恕，说打五板绝不少打一板。我确凿怯惧那把木板，窝着贪玩的野性子，避免了木板击掌的惩罚。我已记不清学习课目的内容，却记得这种延续到1950年春天的老式乡村学堂的格局到秋季就废止了。据说穿蓝袍的先生被政府收编，集中培训去了。人民政府派来了一位新教师，穿着四个兜的干部装，个头高大且粗壮。他到处向乡民申明他是人民教师，要称他老师，不许再称他先生；对入学的孩子要称学生，不能称学童了；最让乡民们新鲜的是，这位人民教师的报酬由政府每月发给，不用学生家庭分摊，村民们惊喜地说，娃娃念书不掏钱，新社会真好。

我上学的第二年春天，村子里实行了土地改革，我们村子没有划定一户地主或富农的农户，比我们村子少一小半农户的东蒋村划定一户地主成分的人家，土地和财物被分配给穷人了，作为三合院的坐庄建筑——三间大房收归为公有，议定为初级小学的学校。这样，1951年的下学期，我和同学们就在这幢宽敞的大房子里上课了。教室宽敞了，光线也比窑洞亮堂了，却要出村子跑远路上学了，东、西蒋村之间纵着一道不太高的土梁，梁的两边是两条不太深的沟。那时候一天上三次学，我和西蒋村同学便来回翻六次沟和梁，却也从来不觉得累或苦。也是从这学期起始，教室里有了女学生，都是耐着心到乡民家里说服开导，应该让女娃上学识字，女学生逐渐多起来了，还有十六七岁的大姑娘也认字求学来了。

每天下午，这位老师领着我们在农民的打麦场上扭秧歌，双手上下轮换甩动，高过肩膀，三步一跳，左右扭摆腰身，动作不复杂，很容易做到，难的是排列的两队不仅要步调节奏一致，而且两队要互相交叉变换队形。后来老师又教给我们一种竹竿秧歌，因为多数学生家里没有竹竿，老师变通为柳条，我们从灞河滩到处都有的柳树上砍下擀面杖粗细的柳树枝，剥掉皮，是洁白的柳秆，再用红颜料涂成红白相间的彩色。按照老师教的竹竿秧歌的舞步跳起来，仍然是三步一跳，右手拿着的竹（柳）竿合着脚步击打左肩再击打右肩，最后击打跳起来的脚掌。同学们个个都练得认真，跳得满头大汗也乐在其中，尤其是打麦场边有许多男女村民和小孩围观的时候，大家跳得更认真了，吹着哨子伴着节奏也更来劲了。

教育局的管理部门组织了一场秧歌赛，分片举行，原坡地区的初级小学会聚在中心小学，我们的竹（柳）竿秧歌别具一姿，独领风骚，随后被安排到原坡和原上的村子里去表演（还有另外几所学校的秧歌队）。每有节日庆祝活动，我们的竹（柳）竿秧歌都受邀表演。我大约刚交上10岁，跟着老师和同学，攥着一根磨得溜光的竹（柳）竿，扭遍了原下原坡和原上的大寨小村，兜里装着自家的馍或锅盔，所到之处的村子或学校供给开水，歇息下来便吃馍喝水，依旧劲头十足地扭。

直扭到四年级毕业，在当年考高级小学难似考秀才的升学考试中，我竟考中了。当时学习的情况已经基本忘记，只留下竹（柳）竿秧歌的记忆。在我后来到原上或原坡的这村那庄走动的时候，偶尔竟会泛出少年时到这里扭秧歌的情景。

原载《大家》2013年第1期

盛　年

周晓枫

一

　　不记得具体是哪年暑假，我大概八九岁——童年没有储藏，连年龄都是区区个位数，所以才敢那样挥霍地看待生死。

　　夏夜，大家坐在院子里聊天，我用一把团扇若有若无地赶蚊子。扇面薄如蝉翼，画着细眉细眼的病美人。我看天：星星，微弱地闪烁，向草丛里抖动翅膀的小蟋蟀发出天籁。

　　……耳边飘来邻居阿姨的问话："余姑娘今年多大啦?"迟疑片刻，是小声的回答："30。"简单的两个字，我激醒，几乎震惊地侧头打量那个低语者。父母的辈分高，我一直叫她"余姐姐"。她长得像混血儿，眼睛是和头发一样的焦糖色，白净，不太对称的酒窝不影响整体美感。她一直未婚，为"姐姐"增加天然的合理性。从没想到，偶尔和我一起玩的"余姐姐"，30岁，天哪，那么老！简直越出我理解和想象的边界。我用目光反复审判，渐生反感和蔑视：窃贼般，她偷偷活到这么老。突然得知这个可耻的秘密和真相，我难以适应，搬起竹凳，赌气回家。没有谁在意一个孩子的离场。无人理解，她感到自己遭受莫名其妙的蒙骗，以及她对"30岁"所象征的衰老那由衷的不屑。

奇怪的是，对旁边纳凉的老人我却并不愤怒。下棋的老者还在继续，棋子的木色泛着积年的旧意，边缘被摩挲出一层包浆。这副棋缺子，少了一枚黑"士"，他们常年用一块圆石头代替。谁也不想换副新棋，太浪费了。两个年届古稀的老头儿体内一定也有秘密萎缩的器官，但他们不能因此推翻自己的整个骨架，就像不能揭翻一盘不想作数的棋……一切，已成定局。即使手上排列着星座般密集的老人斑，即使汗腺分泌出腐木气味，我也不觉得他们难以容忍。是因为，他们老得已进入我视线的盲区，我其实看不见他们。两位老者夸张有力地落棋，我身后传来响亮的啪啪声；其实，他们站在边线之外，这个世界的比赛已无须他们参与。或许，在童年的我看来，老年因为失去审美价值而无须与之计较；生，然后寂灭，人们不会像心疼落花一样去珍惜落叶。可30岁的余姐姐，青春已尽，她正在蜕变，像蛹一样充满尴尬、丑陋和耻辱。作为孩子，我拥有冷酷无知的道德：为了捍卫绝对化的美，应该让落满尘埃的翅膀禁止飞翔，让所有少女都死于干净的17岁。

我对"年龄"有强烈反应，起自那个夏天。

两天之后，听着高音喇叭里的开学通知，我背着新书包走进校园。我悲伤地想，自己还不到10岁，一生要有多少个10年？漫无际涯啊，要有多大的耐心才能支撑自己坚持那么久？于是，每天上学，我就伤感地自我鼓励，自己又活了那么一点点啊。活，就意味着承担无数明天里所象征的整个未来——它对患有一点先天性脊裂的我来说，有点重。

二

日子被剪切过，我不知道自己怎么就抵达了时间的对岸。瞬间，年龄从10岁到40多岁，中间的沟壑足够容纳余姐姐的羞耻。我难以理解，童年怎么会因此羞愤？现在看，30岁，多美。

曾经30岁的我就算年轻，肩膀上散发着珠光；易感，喜欢流泪，几乎当成一种消遣。我体会不出自己内在的做作，反而视为个性的优雅。日复一日，我被卷在时间的发条上，听它滴滴答答的老节奏。没什么好，也没什么不好，只是令人略感倦意。

那时未来还漫长，但我始终缺乏明晰的自我设计，在命运河里随波逐流，我猜测不出自己会变成什么样子。

——像竹子一样，有力地拔节，不断在否定中塑造更高的自己？

——或者，变得入世，社交的时候多了礼貌、少了诚恳？

——还有，婚姻中那令彼此越来越疲惫的真诚，是否会转化为某种暴力？也许小小的灼热过后，是火焰里储存的灰烬。

曾经的30岁，我可以无所事事，伤感或玄想。可以不急于收集回忆。

三

白天与黑夜，时间的斑马群奔涌——许多人扑上去，以肉食动物嗜血的热情。43岁的我，犹豫、懈怠，被某种持续的怀疑所瓦解。时间里的酸性物质蛀蚀，我变得斑驳。

偶尔翻翻旧作，对比今天的写作，我发现阴郁的调子更重了。事实上，我成长得算是顺利，受挫当然有，可在真正坎坷的人看来难免娇气。温室的阳光雨露，为何不让我灿烂、明朗、热衷歌唱，反而灰颓、习惯于陷溺黑暗？是的，习惯在文字里赞颂黑暗的力量，仿佛那是眼睛中最有价值的瞳孔。我常常恼怒于自己的作品里带了暮气，那么自然的暮气，体温一样，暖旧、熟悉。其实，暮气是日积月累对自己的熟悉所导致的轻微厌弃。

　　热情、动力和好奇心都在衰减。我已变得如此畏怯，情感只肯做微幅的调整。我甚至怀疑，连自己的痛苦都已程式化和书面化了，远离切实的肉体。它与真正的痛苦区别明显，就像由失恋造成的和读一本悲情小说造成的伤感的区别；就像受到惊吓，有的因为遭受雷击，有的，仅仅是读到安全须知上的感叹号罢了。

　　典型的中年心态。什么叫中年心态？让我死，肯定不愿意，可若有机会再活一遍我又肯定不耐烦。43岁，许多人到这个岁数已甘心认领自己的命运，不再做梦，也不再相信梦的任何功效。放弃幻想，放弃转变方向的舵盘，这种所谓的成熟，不过是最轻度的腐烂。

　　我有时想不通，早晨一觉醒来就瞬间到达的悲伤来自哪里？心里像有个掉了毛的小野兽在挨饿。经常，我处于与恶劣情绪的对峙之中——还有那种比情人到来还要殷勤的虚无感。他人的夸奖难以使我振作，我总是陷入自我怀疑和厌弃；只要沉默中稍不小心，我就滑陷到那种难以逆转的消沉里。

　　时值盛年，看起来诸事顺遂，我内心却暗藏深深的挫败感。是贪婪、扭曲吗？也不像。那我到底想要什么、还有什么不满足？世界金黄，身置其间的我像枚即将从向日葵上脱落的子粒。是不是，每个生命都要经历这成熟的忧伤？

四

　　毒牙没有事先打招呼，直接发到邮箱——我收到她的电子版遗嘱。遗嘱正本锁在她的抽屉里，发给我的用以备份。毒牙是我大学同学，也是关系最为密切的朋友，20多年来，我在她犀利的目光和语锋下顽强抗争，并磨炼对抗攻击的意志力。我们之间的嬉笑怒骂，外人看来恶语恶声、风格残酷，毒牙和我倒早已适应彼此冷峻得略带黑暗的娱乐精神。

　　毒牙并非预感不测，也没有疾病到来的任何具体威胁，她只是平静地像处理一张合同那样确立一份遗嘱。她安排住房、存款、首饰，在已然不能控制的未来中，毒牙依然顽强地施加自己的影响。看着看着，忽然，我完全没想到自己会流泪，似乎情绪上并未被触动的那种无声无息、无知无觉、无动于衷的泪。竟然不能自抑。

我们不是一直把死当笑话讲吗？毒牙和我曾戏谑，说让彼此活下去的目的，只为了让自己未来的摇钱树不死。什么时候，死，不再是杜撰之物，它与我们切实发生联系，成了某种可以目测的距离？我想起了里尔克的诗："死亡很大，我们是它嘴巴里发出的笑声。当我们以为站在生命中时，死亡也大胆地在我们中间哭泣。"

五

不惑之年，是否意味着这是抛物线的顶点，生命从此开始下滑？有时候我觉得活到这个岁数，已属某种幸事。

回忆起中学的物理老师。龚老师有一张天然的老年脸，其实教我们的时候她刚过不惑之年。长得不好看，脾气也不好，但她丈夫很早病逝，龚老师守寡数年的苦命经历，让不懂事的孩子也心生同情。龚老师并不直接教我们班。有一次，她的亲戚患病，需要一种供应紧张、市面上难以买到的药，由于我妈妈的医生身份，她专门托班主任要我找妈妈帮忙，最终买到。时隔3周，她来代课，上课铃响后我小声向同桌借橡皮，我因说话违反了课堂纪律遭受苛责。龚老师带着明显的宣泄快意，花了完全不必要的漫长时间讽刺我。我感到羞辱的同时，分外诧异——记得把药物送到办公室那天，龚老师那种殷切得带了讨好的持续笑意，她要我对妈妈转告谢意，一连数声，郑重得都不像老师对学生、大人对孩子，以至于让我非常不好意思。她怎么这么快就忘了别人的好，变得如此刻薄？我心里暗想，难怪命运坎坷，她肯定是个不知感恩的人，才遭此劫报，以后还不知道会遇上什么倒霉事呢。

　　龚老师有个备受娇宠的独子。他瘦高，近视，有一张面目模糊的脸，左侧颅骨位置有块儿硬币大小的位置不生毛发，使他看起来像一根擦过的火柴梗，这成了他的绰号。遭到龚老师批评的半年后，学校组织春游，去郊外划船。为了显示自己卓尔不群，火柴梗跳下船——水不深，只及腰部。他向前走了几步，回头让同学给自己照相，火柴梗摆出了胜利的手势。这个平常成为同学笑柄的男孩，似乎只有在校园之外的有限场合才能炫耀他的勇气，或许，火柴梗觉得距离过近的摄影可能会暴露自己头顶的小小缺陷，于是他后退两步，要求同学别把自己的脸照得那么大。火柴梗面向镜头，微笑着，又后退了半步……他一下就没入水中。谁也没想到附着苔藓的斜坡下面，是瞬间的深渊。

　　……暮色昏沉，同学再见到火柴梗的时候，他沾着湿泥的身体非常沉重。救生员把他从淤塞的河底打捞上来。火柴梗的脚跟和踝骨拖着地面，留下两道长长的车辙式的水印。这是火柴梗最后的人间足迹。

　　随后很久，我不敢看龚老师被灾难洗劫的脸，我甚至怀疑自己短暂的恼怒变成了秘密的诅咒。死亡，每次都经过了对她的瞄准，然后变成一颗滑擦耳畔的流弹。龚老师也许会想：为什么不是自己？丈夫和孩子按照指定的顺序死去——龚老师，一个不知所措的掉队者。龚老师没有温度的眼睛，带着彻底的茫然，好像她是第三个即将赴任的死者。继承了一种葬礼般的神情，从此，她将以殉难者的身份存在。

　　死亡不是意外，而是我们生活中的日常，是某种理性。死亡发生在他者身上，意味着对我们的赦免。他人的不幸却保障着我们的福利。由此，可以解释人类之间那种不正义却频繁的幸灾乐祸。

六

　　有一段时间，我热衷老电影。演员在灰色调中体现着动人的鲜艳，嘴唇光润，眼睛里光芒四射，散发出来自时间深处的优雅。如今，他们中的大多数都已进入永恒的沉睡；唯光影跃动，让我们看到亡灵依然怀有强烈的爱憎……在那个黑白分明的世界里。

我设想一位百岁老人，手臂松弛，动作僵硬地瘫坐，用模糊的视力凝视银幕上长裙翩跹、步态袅娜的少女——那个自己因为陌生，已彻底沦为背叛者和敌人。往日的骄傲，能否成为暮年的支撑？也许我们积累记忆，不过是在拣拾为晚年带来余温的柴薪。

我们是靠记忆养活的。据说松鸦是种聪明的动物，它在收获季藏好松果，并以石子标记埋藏之地；等到大雪覆盖的寒冬，它能找到3万粒果实中的90%左右。假如记忆消失，它将被饿死。

我是提前的老龄者吧？抑或，是一只懒惰的松鸦——我所体验的虚无，是往日懒惰遗留下来的报复。无论怎样，前路坎坷，我们需要坚持活到寂寞的高龄，坚持活到尽头，哪怕无所爱、无所恨，哪怕这个世界剩下的都是陌生人……似乎，那象征峰值的幸福。

今天的我们到底需要获取什么，然后，才能低声说出那个词：幸福？

七

如果选择早晨七八点钟的上班高峰时间去乘坐北京地铁，你会发现，周围全是年轻人：皮肤饱满，弹力十足，还没有被生活压榨出浆汁。即使空间逼仄，窒息得令人丧失立锥之地，这些被希望支撑的孩子们依然蓬勃。我站在换乘电梯的拐角，观察那些密集排列的脸渐渐升高……活跃的血红细胞将随着地下的城市脉管，输送到各自的劳动之中。我会诧异并猜测，那些消失的中年人，他们此时在哪儿？

在私人轿车的方向盘后等待红灯。在高铁的疾驰里闲看财富杂志。在飞机上闭目养神，脖子上套着用于保护颈椎、看起来像是牛马挽具的气垫圈。事业成功的中年人用青春作赌，赢得了今天的舒适与精致。但曾经流泪流汗的咸日子，并非全无踪迹——仔细看，他们一副被生活卤过的样子。许多人的表情疲倦、虚弱，好像有什么东西从生活中塌陷下去，因脱缰的梦想远去……他们脸上留下的，是蹄印践踏过后的凹痕。多数时间都用于应对琐事，真正的美好时光在一生中所占比例甚微。怎能不悲伤？我们把生命中最漫长最宝贵的时间用来殉葬。

齐聚一堂的时候，我观察旁边那些阴虚阳燥、神亏气散的脸，一问，却与自己同龄；心惊之下，我也明白自己在他人眼中是怎样一副模样。还用别人提醒吗？老得这么快，看着镜子我简直想管自己叫"妈"。

我奔波生计，后来那就成了摆脱梦想的借口。一再欺哄自己，熬过某个阶段就好了，未来可以重新扳回道岔，与梦想并轨。然而，所有无聊的事物都擅长生育，不停排出密密麻麻的卵粒，让我穷于应对。渐渐沦陷，我难以克服对自己的失望。有时自问：生活真的盘剥过你吗？还是你自己出于某种恐惧，自觉纳贡，祭献了你的渴望？

时值中年的生活，像在公园的池水里泛舟。因为没有流动的水，即使松开双桨，它们也像鱼鳍一样轻摆在固体的体侧位置，小船随水漾动，不会偏离到哪里去。这是我安全的被豢养的不会碰壁的生活。我知道水里放养着什么样的鱼苗，清理过什么样的藻草。换言之，这是一种没有意外的生活。之所以敢于松懈，是因为，即使随波逐流，我也不会触礁。尽管我经常暗想如何摧毁自己，但止于情绪上的挑衅和释放，与行动无关。

八

更多的是平静。因更多而廉价的平静。

惊讶与感慨，除了暴露了我们的天真之外，何用之有？历史上太多的残酷倾轧，有太多鲜血淋漓的灾难，我们的生活里一点点花椒粉式的变味处理，根本谈不上人生的辛辣。

以前，一个作家在他的小说里渴死条鱼都引起我不快，更看得虐杀，以为作家在通过文字施暴获得享乐。如今对这些内容平静看待，我在危险地进步吗？还是获得了职业化的冷静，抑或职业化的麻木？

阅读感受下降，体验的强度下降，我是否还剩下足够的敏感和力量去表达，去继续始自少年的作家梦？

去年中秋，几个写作的朋友小聚。煮酒烧红叶，带霜分紫蟹。聊着聊着，都谈到中年的不甘。怀才不遇或壮志未酬的样子，说来说去，是丧失了幸福感。其实看一看我们写下的文字：没有激情，只剩下表达的惯性；有衡量中的委屈，缺乏一种干净的愤怒。我们很少自省，总是苛责外在环境的冷落和不公。到底怎样我们才心满意足？在网页的饼铛上，获得一分钟的翻身热度？或者，热衷赢得半径更大的圆形方孔钱作为自己脖颈上的枷锁？是不是我们老了，那么迫切地要领取保障晚年的荣誉抚恤金？我们为什么那样着急地想替历史表态，想为自己的创作一锤定音……那么着急，凿好墓碑上的字，要迫不及待地躺进去一试尺寸？如果是这样，我们的身体和心智已散发着秘而不宣的腐气。

九

柳宗元写过一种小虫子，它会把沿途所遇尽可能捡拾起来，放在背上负重而行。这种虫子背部粗糙，东西堆积在上面难以掉落，但即使疲劳到极点，它还是不停累加，直到扑倒在地。

人到中年的吃力，是不是因为我们这种形同负重小虫的习惯？一天天、一年年地活着，悲欢交织在发酵的回忆里……安慰的余温，悔恨的遗毒，我们背着越来越重的时光。疲惫也是一种资本吧，至少，它囊括了你为既往生活所支付的体能。

或者沉重，或者虚无。背负的时候，我心怀隐忧，担心自己被过程消耗，无法体验储藏到最后才能享用的晚年自由。卸下的时候，我亦疑虑，稍不小心，自己就滑陷到那种由虚无感构成的黑洞里——所以需要大声说话、饕餮，需要偶尔地张狂，需要夸饰地流露有毒的模样。前半生制造种种错误，后半生反刍和追悔，我是否由此错过与真理相认的机会？可从另一个角度，假如我对自己果真像自己形容中的那样不满，为什么我又如此惧怕成为别人？还是说，我的自恋以一种强力的虚伪掩饰了它自己？也许并非自恋，我只是对成为他人所象征的未知满怀恐惧，我只有在惯性里才能维护某种安全感。说来说去，安全感，大概是世上最不安全的危险物种：它难以捕捉，令人频繁受到惊吓，无法被长久而安然地搁置。

我看着镜子，里面的陌生女性神情混沌——认识40多年，她对我来说依旧陌生。一个人的脸，如同时间手中的橡皮泥，被随意捏制……但愿我们的皱纹是神留下的指纹。

可能越老，我们越热衷在残羹岁月中，享受怀旧中的余温。然而，无论怎样爱恨痴缠、颠簸起伏的一生，从更宏大的时空来衡量，我们的命运轻盈，不比一只昆虫的骨灰重多少。想起美国著名作家兼记者亨特·S. 汤普森，他的个性张狂，烟不离手、酗酒、吸毒，他几乎是在挥霍一生。传奇的汤普森先生死于67岁，临终时刻他在与妻子通电话，心平气和，谈着谈着就朝自己开了枪。汤普森的遗愿是将自己的骨灰填进炮膛，在空中炸散——最后他卓尔不群的葬礼果真如此举行。后来，这种别具创意的告别被越来越多的效仿者继承。焰火华丽，照彻暗夜——那是上升到高处的骨灰，最后的璀璨。

十

年少时，我以为自己的身体里住着一个起义的灵魂，我以为它有不成功便成仁的决绝。现在我看到自己不断的松懈、妥协乃至姑息。我甚至把对自己的纵容视作学习宽容。不原谅自己也是小气的表现吧？我像一块易于变脏的木头，是否需要不断刨去表面，才能露出新鲜的花纹？在灵魂的贫瘠之地，我能否艰难地掘进，找寻幸福的矿脉，并把它作为一种终身制的努力——由此我才能获得亮度，获得来自内心的光源？

小时候因为胆怯，我总是把灯绳拴在床头。绳子很细，棕色的，韧度足够。半夜醒来，害怕的时候我只要拉动绳端，房间里就充满咒语般即刻降临的辉煌。不是童年了，我不可复得那种奢侈的明亮，但依然可以拥有缓慢而柔软的烛焰。我应该更乐观地看待黄昏以及随后而来的幽暗吧？或许说，我必须如此，别无他途。所谓乐观，不是喧嚣而外在的生存主义口号，而是作为一辆老车，如何努力，把维系运行所需的动力保持在低油耗的水准上。

许多年以后，一个邻居告诉我，余姐姐死于胰腺癌。得知死讯之前，我们从无联系。我早就忘了那双焦糖色的眼睛，忘了记载在她瞳孔上、时间最初的刻度。她是否体验过足够的爱憎，见识过足够的恩怨，她是否获得平衡后的安详？我看到了祝愿里面的内容，原来，它藏着一枚小阴谋般黑硬的仁儿——所谓长寿，不过是有幸见识过更多的死亡。

十一

月亮像只笨手笨脚的闹钟。时间老了，落叶松掉落了它的指针。我不知道，晚年是否就像一盘渐渐凉掉的晚餐，但我明白，必然存在某个转折的时刻，老，不再成为耻辱，而是一种可供炫耀的沉甸甸的资本——它就像跑完整个赛程才能赢取的荣誉。

尽管走过必然的弯路，对于未来，我还是一无所知。但生活还是教会我一些有用的东西。比如不要迷恋那些看起来伟大其实愚蠢的东西。比如，对那些年轻时被分外轻视的东西，我已学会另外的理解。甚至针对他人的妥协，我亦抱温存——关节般的屈服，也不纯粹是弯折，也许是为了压力之下持久的支撑。既然我自己都不具备向死而生、虽败犹荣的那种披靡，我要求他人就是一种苛刻的勒索。

生活中充满不等式，无人能在跷跷板上享受安逸的睡眠……我们起伏，变化，渐行渐远，但愿我们由此获得动荡里的生机。

<h1 style="text-align:center">十二</h1>

每年，我都是春天以后才开始自己晚上的散步习惯。我早不愿承受严苛的锻炼，只能维护温暖中的养生。其实散步只是借口，我迷恋的是微温中的遐想，是草木葱茏的气息，是夜间笼罩一切的月色和星空……仿佛自己正和静谧的事物一起发光。

繁星满天，童年的我曾从那里倾听天籁。当中年的我再次仰望，星空——大神打开了表盘的内部，浩大时间在其中精密运行。对渺小个体来说，分秒从身边流逝的每瞬都是永恒。个体是难以构成计量单位的，星空下的整个人类文明不过是落入钟表的一粒微尘，我们，极小的目不可视的细菌，我们只是彼此知晓而不能被神明的肉眼所注视。我们短暂。也许，正因为必然的告别，我们才应对病床上的余生给予温柔的善待。

爷爷那只康恩贝牌老怀表竟然还可以走动。它挂在那儿，像枚私属的小月亮，黑暗中泛着珍珠色的晕彩。滴答滴答，时间的涟漪，渐近我心脏的节奏。我们都是上帝的机械玩偶，他在我们体内设置精密的发条和血肉。走动吧，克服空气和路途上的摩擦，克服秘密的锈迹。

……这是子夜，这是盛年，时间与河流的中游。即使略带倦意，即使木刺划进指端，我有必要勉励自己不放开握桨之手。

原载《大家》2013年第2期

描花的日子（节选）

张 炜

——————

这里记下的是40多年前的小事，它们到现在还历历在目。虽然是"小事"，但现在回头去看，有时还会吓出一身冷汗。

看样子不是坏人

上初中前，我的手总是莫名其妙发痒。两只手因为痒得闲不住，总想干点什么。我在擦得干干净净的玻璃窗前看了一会儿，拿起一支小擀面杆，轻轻一挥就砸碎了窗子。

母亲回家看了很惊讶，问我这是怎么回事。我说是自己砸的。"为什么要砸？"我也说不上来，因为我真的不知道。我只是用力搓着两手，不知该不该说出它总是发痒的事情。

母亲实在没有办法，也无法理解，只好训斥了我一顿。

有了那一次的经验，我后来就不想那么坦诚了。比如有一天我看着父亲种的葱绿的蒜苗，就忍不住走进了整齐的田垄。我先是低头看了一会儿，然后两手忍不住就想干点什么——我随手拔掉了几棵蒜苗扔在垄上。

父亲种植了这些宝贝让全家都很高兴。他闲下来就为菜畦松土除草，脸上是极满足的样子。这天他回到家，一眼看到被拔掉的蒜苗，先是一愣，接着就叫起来。

我被喊过去。"这是不是你干的?"我咬着嘴唇，没有承认也没有否认。可是父亲让我脱下了鞋子，然后将它们一丝不差地放在了田垄的脚印上面。

"你为什么要这样干? 为什么?"父亲愤怒至极。我回答不出，因为我那会儿真的不知道为什么。

父亲问不出，就教训了我一顿。他的手很重。我哭了，有泪无声。我心里十分委屈，因为我真的不想干任何坏事。

我的泪水干了。父亲抱歉地搓着手，这手刚刚揍过我。他把手背到身后，大概他不好意思了。

不过事情并没有这样算完。接下的一段时间里，父亲一会儿看看田垄里被拔掉的宝贝，一会儿又看看我。

父亲端详着我，在一边踱了几步，认真地打量，皱皱眉头，又绕着我转了半圈。最后他盯着我的脸站住了，吮着嘴，咕哝说："怪了，看你长的模样，也不像个坏人哪!"

痛打"花地主"

当年的两件大事是最能吸引人、最让人不能忘记的，一是追着串乡的放映队看电影，二是去听忆苦会。前一件事让人高兴，后一件事让人难过。

忆苦会在村子里、林场园艺场、五七干校和我们学校召开，每年要开几次，轮换进行。一听说要开忆苦会，大家都奔走相告，传递着不同的消息：这次来忆苦的是个老太太，两眼看不见，那是被地主害瞎的;

她已经在全县做过一百场了，是顶有名的人。另有人说：将要来的是一个年纪不大的姑娘，她是代表父母、舅舅和舅母来忆苦的，她的所有亲人全被万恶的旧社会欺负死了，她这会儿要亲口讲给大家听听。还有人说要来忆苦的是个独身男人，他被地主打断了三根肋骨，这回要从头详细讲一遍……

各种传说让我们激动不安，吃饭都不想坐在桌前，惹得家里人大声呵斥："好生吃饭，听会有劲儿。"

听忆苦会和看电影不同，那真的是很累的。因为听一会儿就要站起来呼口号，一个人喊大家跟上，或轮番喊，直到把另一拨人的喊声压下去。

除了喊口号，还要不停地哭。泪水哗哗流下来，不知从哪儿来那么多泪水。台上忆苦的人说啊说啊，我们就哭啊哭啊，最后哭得连口号都不能呼了。我们嗓子哑了，呼不出了。

一场忆苦会下来，大家总是红着眼睛哑着嗓子往家走。家里人疼惜孩子，就抱怨忆苦的人，说："也忒能讲了，这样非把孩子哭病了不可。"

其实家里人最该埋怨的应该是学校的老师。因为每一次忆苦之后，老师都要在班上表扬那些最能呼口号和最能哭的学生："喊得多响啊……直到嗓子喊不出声了，还举着拳头！""看看哭得吧，胸脯都湿了，成了小泪人儿！"

台上忆苦的人大半都是我们熟悉的，因为他们已经在四周做过许多次了，凡是最激动人心的地方我们都知道。比如他（她）讲着讲着把头低下，有两三分钟一声不吭，我们就等着下边了——他（她）猛一抬头就要喊："好孩儿啊，快拿刀给我啊！快拿绳儿给我啊！我不活了……"

有时候他（她）低头时间太长，满场静得让人难受，我们就替他（她）呼喊起来："快拿刀给我啊！快拿绳儿给我啊……"结果事后遭到老师一顿痛斥。

就像看电影一样，我们也会追着忆苦人转上几场。没有经历那样的场面，就永远也不明白"眼泪都哭干了"是什么意思。眼泪有时真的能哭干，喝多少水都不行。

我们因为有经验，每次去忆苦会前都要喝上两大碗凉水。外祖母心疼我，总是让我多喝水。所以在忆苦会上，我到快散场时还能哭出来。

但在一般的忆苦会上可以，如果遇到"二九"他爹就全完了！"二九"他爹是很晚才出现的一个人，因为平时沉默寡言，所以当地人都把他轻视了。明明知道他在旧社会受苦最多，但就是没人找他。

谁知道有一天他拍拍膝盖说："俺也能忆！"就这样试着忆了一场，差点把场上的几个老太太哭昏过去。这一下他就出了名，结果周围的村子和单位全来请他了。

"二九"他爹忆苦与所有人都不一样，不是一上来就哭丧着脸，而是笑嘻嘻的。他坐在桌前东看西看，还从兜里掏出炒豆子嚼几口，喝一碗开水，然后像拉家常一样不紧不慢说起来。

他细声慢语地讲，谁也想不到后面会有那么多苦。他不喊也不叫，实在忍不住了就站起来，在台上溜达，伸手点画空中说："你个挨千刀的啊！你个天杀的啊！"

从整个忆苦会的前三分之一处开始，全场里就只是哭了，哭得忘了呼口号。大家事后说："谁这辈子想比'二九'他爹受的苦多，门都没有！"

我们听了一场又一场忆苦会，也想过从头模仿，到林子里办一场，并且渴望着像演练电影那样成功。

任何事情不经过实践是不行的，所以越来越佩服老师上哲学课讲的话："真知来自实践！什么都得实践，没有实践全都得糟！"我们轮番上去试了试，尽可能学得像：怎么低头抽泣，怎么喊叫，还像"二九"爹那样用手点画天空……全都没用，下边的人不光不哭，还嘻嘻笑。这事算是彻底失败了。

不过我们都不甘心。后来大家想出一个办法，就是一定要把心里积下的这些苦和恨发泄出来。听了那么多忆苦会，没有仇恨是不可能的。我们大家都觉得自己仇恨很深。

我们真想把地主痛打一顿。但是地主很少，而且在四周村子里，他们统归民兵看管。实在没有办法，我们就公推最胖的"山抬炮"装一下地主。

"山抬炮"给推到了台上，让我们揪耳朵捏鼻子，最后真的气愤起来，就开始狠狠地揍他。他哭了。

为了让"山抬炮"能当个听话的地主，有人从家里偷出一件棉大衣，翻过来给他穿上。大衣里子是花布的，"山抬炮"立刻变成了一个"花地主"。

他哭丧着脸，穿着厚厚的花布大衣，让人越看越恨。有人忍不住，折一根树条就狠狠抽打起来。由于有厚厚的棉衣包裹着，"山抬炮"一点都不疼。

我们轮番抽打，骂，他装出很疼的模样，跳着求饶。

"坚决不饶！就是不饶！""你这个挨千刀的！你这个天杀的！"

正打得起劲，突然有人上前护住了"山抬炮"，伸长两只胳膊拦住大家喊："俺的大衣破了！"

捉狐狸

狐狸在哪儿？大家会说一定是在林子里。这是不会错的，它们主要是在那里，因为喜欢树。动物比人更热爱大自然，这是我们都知道的，所以我有一次曾经在作文中写道："我们要像动物那样热爱大自然。"结果让语文老师狠狠批评了一顿。我至今都不明白自己错在哪里。

但是狐狸也愿意在村子里溜达，到老乡家里串串门什么的。它们原来也是喜欢热闹的。不过村里人、林场和园艺场的人，全都讨厌狐狸，说这些东西品质很坏，只要来了就干坏事。

它们能干什么坏事？我和同学们都很好奇。按照林场老人的说法，狐狸这种动物实在是太招人恨了，它们其实应该算是人类最危险的敌人。我们听了就问："狐狸和地主，究竟哪个危害更大？"老人们被我们问住了，想了很长时间才恨恨地说："一样坏！"

据他们说狐狸最可怕的是伪装自己：变成美丽的姑娘去迷惑年轻人，或者变成别的什么东西，反正只要是能祸害人的方法，它们都愿试一试。这样讲得多了，大家也就真的害怕起来。我们平时走在街上、林子里，只要见了不认识的、特别好看的姑娘，总要在心头闪过两个字："狐狸。"

我们班主任就是个漂亮姑娘，她是从师范学校毕业的，接替了前一个年纪大些的女老师。她站在讲台上，让人觉得很像狐狸。当然这是一种错觉。

我的同学"黑汉腿"近期总是上课迟到，被老师一连批评过几次。他每次进教室都很疲倦，好像一夜没睡似的。有一天他又来晚了，打着哈欠进门，被老师罚站了。

课间休息时，"黑汉腿"小声对我抱怨：一个狐狸缠上了婶妈，叔叔要和狐狸斗，自己一直在帮叔叔，所以夜里睡觉很少。我听了大吃一惊："还有这事？说说看！"

原来他婶妈被狐狸附身了，总是胡说八道，要治好她的病，就得把狐狸捉住或赶跑。具体办法就是从婶妈身上找到一个跳动的"气泡"，那是狐狸附身的表现——只要冷不防用针扎住了气泡，那狐狸也就求饶了。

“我夜里给叔叔擎灯，他拿着针找……”

我惊得合不拢嘴。头一回听说这事，但又不得不信。我知道“黑汉腿”有欺负同学的毛病，却不会撒谎。我想了一下，建议找几个人一起帮忙，这样就能早些逮到狐狸了。

“黑汉腿”同意了，不过只让我找两三个最好的朋友。

就这样，我们几个人一到天黑就去捉狐狸了。过去总以为那种事要带上围网和枪去林子里，哪知道也可以从一个女人身上捉。这事说起来没人信，但真的实实在在地发生了。

“黑汉腿”他叔40多岁，说话时总是骂人，呵斥我们的灯举得不高、不正。他拿了一根绣花针，手又大又笨，低着头喘气，仔细看着脱了上衣的老婆。她一会儿笑一会儿哭，两手端起乳房吓唬我们。

我们几个看看“黑汉腿”，有些不好意思。她的皮肤不太白，粉红色，比较胖。“别东张西望，好好瞅，往腋下、脖子上瞅，它就往不起眼的地方钻，狡猾着呢！”“黑汉腿”他叔说。

这样捉了很久，什么也没发现。大家都累出了一身汗。女人哈哈笑，好像她胜了。男人卷了一支烟抽，盯着她说：“狗东西，真想一顿巴掌揍死你！”话是这样说，他一下都没有打，还给她披上衣服。

“黑汉腿”想起了什么，突然对叔叔大声嚷道：“要不要脱下她的裤子？那气泡说不定就在下边哩！”

这话太有道理了。谁知他叔一听扔了卷烟，骂着说：“胡诌八扯！气泡轻，都是在腰带以上转悠的……你给我看好了！”

捉到凌晨两点，什么收获也没有。大家散掉，约定明天继续。

就这样捉了两天。第三天发生了奇迹：正在举灯的“黑汉腿”突然噘起了嘴，盯着叔叔，向一个方向示意——他的目光盯在婶妈左腋窝下边。他叔反应慢，我们却看见了，那儿真的有一个蚕豆大的气泡，一下一下跳动着游走，走得很慢很慢。我紧张得呼吸都停止了，好不容易才转过神来，悄悄用手指了一下。

"嗯！我叫你……嗯！""黑汉腿"他叔终于看准了，一针扎上去。

几滴血珠渗出，气泡不动了。女人立刻尖声大叫，一头歪在炕上，翻着白眼。

"我今儿个就是问你，还敢不敢进这个家门了？还敢不敢？"

女人哀求不止："我再也不敢了！我不敢了！快放了我吧！我不敢了……"

"你到底躲在什么地方？说出来我就放了你！""黑汉腿"叔叔声音严厉得吓人，我们所有人都害怕了。

"我，我说了你们也找不到，我还是不说了！"

"不说？不说那就扎着，疼死你！"

"行行好吧，放了我吧……哎呀疼死我喽，我，我说了吧！我就在林子西头大橡树底下，一大堆乱柴火里面，大草团软软和和是我家……"

"黑汉腿"他叔大骂，搓着手看我们："狗东西狡猾不？狗东西，我看还是扎住你更好，扎上一天一夜，看你疼不疼死！就扎住你！"

"行行好吧，行行好吧！""黑汉腿"的婶妈哀求着，奄奄一息了。

我们难过极了。后来我们一齐替它哀求，说反正它发过誓不再来了，干脆就放它一马，放了它吧。

"黑汉腿"也哀求起来。他叔又抽起了烟，看看歪在一边、脸色发白的老婆，说："你再发一遍誓我听听！"

"我就是死了也不再来了！谁要说谎天打五雷轰……"

男人叹一口气，把女人扶起，看了看窗外，将针一下拔了下来。

女人像个稻草人一样，轻轻地倒在了炕上，一点声音都没有。"黑汉腿"他叔抓起一床被子给她盖上，搓搓手说："行了。"

第二天上学时，"黑汉腿"告诉我们：婶妈的病好了，再也没有胡说一句话，一直睡着，睡得可香呢。

有了"家口"

不记得是15岁还是16岁，我有了"家口"。什么是"家口"？简单点说就是"媳妇"，海边人都是这样说的。这是多么让人害羞和暗自高兴的事啊，可惜我有点受不了。我后来甚至害怕了。

这事不是在学校发生的，因为那个地方不可能发生这么大的事——老师和同学都正正规规上课下课，最好的事和最坏的事都不太可能发生。

这是学校放伏假的事。我们一帮同学一到这时候，就可以在林场园艺场、在海边尽情撒欢了。夏天放假叫"伏假"，外祖母说三伏天里放假，所以就叫"伏假"。可是我脑子里总是想着"伏"在沙子上享受假期。这是真的，我们一到海边林子里就伏在了地上，要不说这是"伏假"嘛。

林场有个叫"小碗"的女同学做过我的同桌，后来调整座位才分开。我们同桌时相处得好极了，她给我橡皮和彩色铅笔，我给了她一只带紫花的贝壳。我们分开后，我很不高兴。

"小碗"也不高兴，有一次课间操时对我说："我的新同桌喘气像牛一样。"我很满意，接着问："我喘气像什么？"她认真想了想，说："大概像羊吧。"我非常满意，因为我喜欢羊。

放假时大家到海边玩，看拉大网的。因为那儿常常有人脱到光屁股，所以我建议"小碗"不要去。大家都跑走了，只有我和"小碗"躺在沙地上看天。天上不时有云雀在叫，"小碗"说："真好听啊！它怎么就不累？"我说："它高兴，就不累。凡是高兴的事，干起来都不累。""小碗"想了一会儿，说："你说话真有'哲理'啊！"

"哲理"这个词是老师上个学期刚教给我们的，这会儿被"小碗"

用在了我身上。我的脸红了。她凑近一点看我，我的脸更红了。

如果能够及时阻止自己脸红就好了，可惜这很难。我越不想脸红，脸就越红。我把脸转到一边。可是我的脸像火烧一样。万万不巧的是大家这会儿正好从海边回来了，他们说说笑笑，谈的是拉网人刚逮到的大鱼。他们正说着，突然就不吱声了。他们在看我和"小碗"。大约有三五分钟，那个叫"黑汉腿"的家伙做了个鬼脸，喊道："真像小两口啊，说悄悄话了！"

这一下引起了所有人的哄笑，他们拍手、跺脚、吹口哨。

整个一天我都不自在，还有一点后悔和害羞。大约到了傍晚的时候，我才有些高兴。我不敢表现出这种高兴。我觉得"小碗"也是高兴的，反正她没有大声反对什么。

天黑时我一个人在家里待不下，就去林边走了一会儿。天上的星星真大，月亮还没出来。我蹲在一棵大野椿树下想了一会儿"小碗"，想她的眼睛、眉毛和嘴。我对她翘翘的小嘴十分喜欢。我想人的一生会有一些大事，它原来说发生就发生。

林场园艺场，还有附近的村子，很快就有人知道了我和"小碗"好。有一天我去村里找"二九"玩，刚刚进村就遇到了两个纳鞋底的老太太，她们用针锥指点我，小声议论着，我隐约听到了"小碗"两个字。我加快脚步离开了。可是刚走了不远，一个抽烟的老头笑眯眯地拦住了我，刮我的鼻子，端量说："听说你有了'家口'？这么早？也好。"

我没有勇气再往村子深处走，就折回了家。一路上我想：事情闹大了。我最担心家里人发火，最怕父亲揪我的耳朵。我的耳朵比一般同学大，可能就是被父亲揪的。

还好，家里人暂时还没有什么反应。这让我多少放心一些了。

剩下的事，就是了解一下"小碗"的态度。我突然觉得目前最重要的就是这件事了，老天，她的态度多重要啊。

我想去"小碗"家，可是不敢进门。我在离她家很近的地方转悠，一直转悠了三天。第四天她出来了，是跳着出来的，看来十分愉快。我赶紧迎上去。可是她一见我立刻不高兴了，脸板了起来。不过她并没有躲开，而是慢慢往前走去。

我们在一棵苦楝树下站住了。我一片片揪着树叶玩，不吭声。这样一会儿，"小碗"抬头看我了。我的脸一下红了。她嘻嘻笑。我咬咬牙，终于鼓起勇气说："他们，都说我有了'家口'……挺麻烦的啊。"

"小碗"好不容易才止住了笑，说："就算是'家口'，又怎么样？你害怕？"

我一愣，马上说："不害怕！我最愿意了！我早就……不害怕了！"

"你喜欢我哪儿？"

"你的小嘴。"

"小碗"不高兴了："就嘴巴这一样？"

我赶紧否认："不，全都好的。'小碗'，你爹妈知道了会怎样？会打你吗？"

"小碗"大笑："他们不知道。就不告诉他们，明年再告诉——他们知道了咱也不承认——咱们明年再告诉他们，说好了，就明年！"

她的胆子真大。我从心里佩服她。好样的，我的"家口"真是好样的。我一下有了勇气和信心。不过我也知道，今后作为一个男子汉大概得承担点什么——有"家口"和没有"家口"当然是不一样的。

一种沉沉的、乐于承担的责任，从那天起压上了我的肩头。

炕和猫

"狗在地上，猫在炕上"，这是外祖母常说的一句话。她的意思是，猫和狗是两种不同的动物，对待它们要有原则，不能乱来。比如说狗上了炕，她会马上严厉地斥责，让它快些到地上来，不然就打它了。猫蜷在炕上，她从来没有不满意过，有时还主动地把它抱到炕上。

有一段时间，我从学校或林子里回家，第一件事就是看看炕上有没有猫。因为它蜷在炕上的模样早已让人习惯了，觉得那样才是正常的。其实猫也有自己的事情，它常常不在家里更不在炕上，而是去林子里、去其他地方做点什么。它主要是贪玩，其次是要了解外面的世界。

我发现猫喜欢的地方与我们一帮朋友大致相似，比如林子、园艺场和村子等。它如果不按时到这些地方去转一转，就会寂寞。它还会与另一些猫在一起打打架什么的，这与我们也差不多。

不过猫一定会按时回家，待在炕上。那时候它很正经，好像从来没有胡闹过似的，表情十分严肃。我有时与它一块儿待在炕上，长时间看着它严肃甚至还有些忧愁的小脸，用力忍住才不会笑出来。它在思考什么大事？它沉重的表情让我不好意思将其抱起来嬉耍。

当它低头思索的时候，我们所有人都得承认：它的心事太多了，也许正思索着全世界的大问题呢。它真的像一个智慧老人，长了两撇胡须，永远皱着眉头。我伏在炕上，与它面对面看。这时它一点都不理我，只偶尔半睁眼睛看看我，然后重新闭目思考。

可是我不会容忍它一直这样严肃下去。我要和它玩，无论它愿意与否。我捏捏它的鼻子，亲亲它的额头，握住它又软又小的一对巴掌。在这个世界上，谁的鼻子长得比猫更好看？圆圆的、直直的，还有一层粉细的绒毛，摸一摸有一种美妙的手感。如果把嘴巴贴在这个小鼻子上，会有一种痒丝丝的感觉。

它偶尔也会停止思考，让我玩一会儿。但是它如果正想着某种大事，就一定会千方百计挣脱我，去另一个地方待着。它从炕的这头挪到另一头，有时干脆冲出屋子，跑到灌木丛中，或者爬上高高的树杈，趴在那儿思考。

猫是所有动物——包括人——当中最善于思考、花费思考时间最长的一种。当然它不会透露自己思考了什么，这一点也跟我们差不多：平时谁也不会将自己思考的内容公布出来，除非是写作文。

我在炕上写作文，然后就读给猫听。它听得很认真，一字不漏。读完了，我抚着它的头，想知道它的意见。它先要安静一会儿，接着就舔起了巴掌，一下一下洗脸。我明白，它的这种动作是对我表示最高的赞美。

随着冬天的挨近，猫在炕上待的时间越来越长了。炕洞里有热气，炕上热乎乎的，它伏在炕角打着呼噜。因为家里人都忙，父亲母亲不在家，外祖母也多半时间在院里，这时也就只有猫在屋里了。它守住了一个家，使这里不至于空空荡荡的。我背着书包回家，首先向猫报到：我回来了。

狗有时也要钻进屋里，在炕下徘徊。它急得团团转，却不敢上炕。它嫉妒炕上的猫，时不时地将前爪搭到炕沿上看，但最终还是没有跳到炕上。猫对急躁的狗睬都不睬，根本不正眼瞧一下，因为它心里再明白不过：狗是没有资格上炕的。

冬天终于来了。这里的冬天多冷，北风呼呼刮，雪花零零碎碎飘下来，滴水成冰。这个时候无论是园艺场还是林场、周围村子的人，全都躲在家里了。而全家的中心就是炕，炕洞里燃起了木柴，烧得噜噜响。

一家人都坐在炕上抽烟，吃地瓜糖，讲故事。如果有串门的人，也一定请他脱了鞋子上炕，和全家围坐一起。这时炕上的猫不再独自思考，而是用心听着每一个人讲话。它大概听得懂所有话，一会儿看看这个，一会儿看看那个。

它最爱去的地方是外祖母的怀抱。她抱着它，一会儿抚摸一会儿拍打，有时还要往胸口那儿拢一下。

母亲说："猫跟你姥姥最好，他们关系最近。"

我问："它和我怎样？"

母亲说："差多了。它不喜欢你。"

我心里有些委屈。因为全家人谁也没有我花在它身上的时间多，我总是和它玩啊玩啊。"为什么啊？"我问。

母亲说："你不让它清闲。"

洋大婶

我们最愿意赶集了。集市总是离村子比较远，而且规模越大离得越远。比如公社驻地那个大村镇的集市最大，其次是离林场稍近一些的四个小集市。

集市是人间天堂，那儿要什么有什么。如果有人说世上还有比赶集更好的事，那一定是骗人。这么多人全拥来了，卖东西的、来玩的，还有其他——这得一点点从头说起。一条大街堵满了人，稍大一点的巷子也全是人。谁要在这样的地方不迷路，就得知道许多窍门。

首先要弄清集市的"头"和"尾"。再大的集市也有开始有结尾，如果没头没尾瞎窜，就会走丢。不过只要熟悉了也就好办，这时从哪里穿插进去都能转出来。赶集走丢了的孩子很多，所以家里人总是一遍遍叮嘱。我们几个早成了赶集的老手，什么都不怕。

集市的"头"是卖葱的，一捆捆大葱立在那儿，旁边有香菜白菜和萝卜。集市的"尾"是卖老鼠药的，那儿有一张白布铺在地上，上面摆了制成的老鼠标本，最大的有猫那么大。老鼠药一包包不起眼，它的作用怎样，看看死老鼠就知道了。旁边是老鼠夹子，这是跟了老鼠药走的。

从"头"看下去热闹不断，开烧锅的、打铁的、租书摊，这是集市上的三大"戏眼"。哪儿最香哪儿就是烧锅，一口多大的锅啊，比海边上熬鱼汤的铁锅还大，里面是沸滚的油。什么东西都往锅里扔，一个光膀子的大汉不断地问围上的客人："吃什么?"吃什么就往锅里扔什么，一会儿用铁笊篱把炸好的东西捞出来，用黑纸一包递给顾客。

打铁的最好看，有人拉风箱，有人烧铁块，有人打小锤，有人抡大锤——我们一开始以为抡大锤那家伙膀大腰圆最了不起，后来才知道拿一把小锤的瘦老头最厉害：小锤落在哪儿，大锤就要砸到哪儿。镰刀成了，斧头成了，镢头成了，都是瘦老头指挥干的。

租书摊上全是花花绿绿的小人书，花几分钱就可以取一本坐在马扎上看。这些书码成一摞一摞，真馋人。一个人如果能拥有这么多书，那就连学也不用上了，关着门一口气看完才好。每一次走过书摊，我们都挪不动腿，但咂咂嘴还得走，因为要转遍整个集市。

集市上应有尽有，就连做梦也想不到的东西都有。我们从来没听说有人买不到他想要的东西。如果买不到，那也是他不会找。从"头"转到"尾"还不够，还要转到更弯曲的小巷子里，那里的怪事就更多了。比如割鸡眼的，治秃子的，卖挖耳勺的，卖膏药的……这些说也说不完。

除了买卖东西，集市上还常常发生更惊人的大事，能不能遇上就要看运气了。比如"游大街"，从"头"游到"尾"，让大伙儿一直跟上看，眼都不眨一下。几个背枪的人在前边开路，另一些背枪的人押着几个五花大绑、脖子上挂了牌子的坏人。这些坏家伙年纪有大有小，大的80岁不止，小的只有七八岁，全都长得难看。

只要铜锣一响，大喇叭嚷起来，我们就知道来了游大街的。集市上所有人都精神起来，脖子伸着往一个方向跑，除了留下看摊的，卖东西的人也跑开了。我们尽可能挨得近一些，因为首先要看清坏人脖子上挂的纸牌，弄清这坏人叫什么、年龄多大、所犯罪行。他们的胆子可真大啊，偷盗、放火、强奸、反革命、地主……杀人犯倒不多，看10次游街的，大约只能遇上一两个。杀人犯要戴手铐脚镣，后衣领上还要插一个木板，上面打一个大大的红叉。

这些坏家伙游过大街以后，就要押回牢里，然后等下一个集市再拉出来。

最让人难忘的是一个80多岁的老头，还有一个30多岁的女人。他们纸牌上都写了"强奸犯"三个字。有人指点他们说："瞧瞧，多歹毒啊！"另有人摇摇头说："怎么会呢？莫不是搞错了？"有个戴眼镜的中年人马上反驳道："对这种事要'辩证'地看。"

从那时我们明白了：对古怪的事要用古怪的眼光看，这就是"辩证地看"。

集市上有这么多热闹，其实更有趣的还是去看"洋大婶"。她们是外国人，年纪在40左右，也有更年轻或更年长的。这些人进了集市，无论多么拥挤都能让人认出来，因为头发不一样，眼神不一样。她们最愿意赶集，远远近近的集市都会去，不是买东西就是看热闹。

"洋大婶"不开口说话时，会让人觉得很疏远，可是一开口就近了：和当地人分毫不差，而且满口土语。原来她们从老一辈就来到了当地，都是本地出生的，有的还嫁了当地男人。

一个"洋大婶"坐在地上卖花线，花花绿绿的丝线摆了一排，真是漂亮极了！我们蹲在那儿看，摸摸这个动动那个，并不想买。"洋大婶"叼着烟卷看着我们，不说话。"黑汉腿"模仿着电影中的日本人，竖起拇指对她说："你的，大大地好！""洋大婶"马上板起脸："你这孩儿，好生跟大婶说话！"

"黑汉腿"的脸立刻红了。

回到家里议论起这些"洋大婶"，母亲说："她们都是几十年前漂洋过海来的，老家远了，先到海参崴，再到东北，坐船过了海湾，下了船就是咱们这儿。她们是逃难来的，原先家境富裕。不过那边富裕人家不好过，她们就跑到这边了，一代代过下来……不容易啊！"

我心里一下同情起她们来了。我小心地问道："她们，就是'洋大婶'，出身成分怎么定？"这才是我担心的事情。

外祖母说："她们早就没有财产了，穷得叮当响，现在都是'贫农'。"

我悬着的一颗心落了地。还好。"洋大婶"如果是"地主"那该多麻烦，"外国地主"，想都不敢想。

独眼歌手

常奇是我嫉妒的好朋友，因为他是最能唱歌的人，谁也比不上。我是最早学会了简谱的人，所以非常骄傲。可是后来才发现，常奇唱歌从来不需要简谱。

他随便听人唱一遍就学会了。更可怕的是他有时连听也不要听，随口就唱，见了什么唱什么，唱什么都好听。村里人，林场和园艺场的人都迷上了他，都说："天底下还有这样的物件，真行！"因为常奇太瘦了，大家说："能叫唤的鸟儿不长肉！"

常奇瘦得像竹竿，脖子细得像胳膊。我有时琢磨，他之所以唱起来又响又亮，主要就是因为这细细的脖子了。这种特别的模样是天生的，所以到头来谁都拿他没办法。

平时常奇没人羡慕，因为太瘦，身上没劲，体育课、劳动课等全是最差的，学习成绩也是最后几名。可是一旦唱起歌来他就显出了本事，全班全校的人都得宠着他，连校长都张大嘴巴盯着他看。

学校常搞歌咏比赛，那时每个班都拉到操场上，站成几排。这种比赛是我们班出大风头的时候，谁也别想赢我们。常奇站在头一排的中间，两眼湿漉漉的——这家伙真怪，一唱歌就这样，不过从来不掉泪，就是唱忆苦歌也不掉泪。老师为此很焦急，因为唱忆苦歌是需要哭的，常奇如果边唱边哭，那效果该有多好，可他就是哭不出来。班主任说："你努努力，加把劲，泪珠眼看就出来了！"

常奇就是不掉泪，老师拿他一点办法都没有。我们班的另外两个绝招就是打拍子的班主任、粗嗓子的"黑汉腿"。班主任当学生时据说就是文艺骨干，来到我们学校正愁没有用武之地呢。她指挥全班唱歌那才来劲，两手一挝挈调动千军万马。那不是一般的打拍子，而是变着法儿来：独唱、群唱、男女声对唱、轮唱……花样多了。再看她打拍子的功夫，那本身就让人傻眼。

一开始她只用一只手打拍子，另一只手背在身后，一只手就把事办得利利索索。等到唱到激动处，另一只手才使上；到了最高潮时，那就不是两只手的问题了，而是连大辫子也甩起来了，这时候谁能抵挡我们？

"黑汉腿"这家伙平时干什么都不认真，唯独在集体荣誉面前寸土不让。他使足了全身力气从头吼到尾，声音粗得像牛。老师说："我们班幸亏有了他，不然这声音就不厚，就太尖亮了。"

常奇的嗓子不男不女，如果不见本人只听歌，谁也判断不出性别。他有时要独唱一段，只等老师一挥手，全班再接上。独唱是最关键的时刻，这时就全靠常奇了。可他好像全不费力似的，一双大眼湿漉漉的，不过唱出来的每个字都震得大家耳朵疼。

忆苦歌是常奇的弱项，因为他不掉泪。老师让最能哭的几个女同学站在他的两侧，这才多少弥补了缺陷。一场比赛唱下来，女同学的眼睛哭肿了，一多半的同学嗓子哑了，只有常奇像没有唱过一样，嗓音还像原来。

学校放假时，我们一帮人总在海边林子里转悠，采药采蘑菇，逮几只小鸟，碰巧还能逮到别的什么大家伙。这年夏天由"黑汉腿"提议，每次出门都要叫上常奇。"黑汉腿"迷上了唱歌，所以也就喜欢常奇。其实"黑汉腿"除了嗓子粗能吼，哪有唱歌的本事。

我们在林子里的意外收获很多。有一次草丛里落下了一只大鸟，比大鹅还大，走路慢吞吞的，好像全不怕人。于是大家就想逮到它。"黑汉腿"用一根细细的尼龙网线做了扣子，结果就勒住了大鸟。大家抱住大鸟，叫它"大宝"。"大宝"一开始啊啊大叫，但不长时间就安稳下来。

常奇为"大宝"唱了好几支歌。它真的在听，一动不动地昂着头。

"大宝"的腿很粗，是黄色的，有脚蹼，可能会游泳。我们用一根粗绳小心地拴了它，牵它到河里，它果然有些高兴。我们还牵它到园艺场广场上玩，引来了一大群人，都惊喜得不得了。

"大宝"的事很快传遍了四周，于是麻烦就来了。我们知道嫉妒的人肯定会有，但不知道那些人会下狠手。林场和村子里的几个坏孩子暗中联合起来，正计划抢走"大宝"，可惜我们一点消息都没得到，还像过去一样炫耀着，牵着它走来走去。它跟我们熟了，一点都不怕人，常奇唱歌时，它就拍打翅膀。

有一天我们牵着"大宝"去河边，躺在河沙上晒了一会儿太阳。常奇不停地唱，与天上的云雀比赛，让"大宝"兴奋得嘎嘎叫，除了拍打翅膀，还低头啄常奇的头发，常奇不得不使劲搂住它，但嘴里的歌一直没有停下来。

肯定是常奇的歌声暴露了我们的行踪。那些想抢走"大宝"的人就在半路上等我们，他们趴在沙岗上、大树后面，手里拿了棍子。可我们像没事人一样边唱边走，"黑汉腿"和我轮换牵着"大宝"。

在沙岗前，一个流着口水的小子扶着腰拦住大家，说："喂，听着，你们偷了俺家的大鹅，快把它还给我吧！"

"黑汉腿"看看大家，笑了。他回头问"大宝"："你是鹅吗？"问过后又抬头喊："它说了，它不是鹅，它是从关东山飞来的……"

沙岗前呼一下站起十来个人，一点点往前凑，说："偷鹅可不行！留下鹅，要不咱打人了！"

"黑汉腿"把"大宝"交给一个人，让他抱上快跑，然后捡起一根棍子，大骂着冲上去。所有人都鼓起了勇气，抓起什么跟上去。我这时什么都不想，只想保护"大宝"，只想跟他们拼。

"黑汉腿"太凶猛了，一个人抵得上好几个，挥舞着棍子，两只眼瞪得像牛。对方开始还想拼一下，后来见我们不要命了，吓得转身就跑。我们喊着往前追，常奇疯了一样挥舞着手里的棍子，一边追一边大声号唱。

那群坏家伙翻过沙岗，在离我们几十米远的地方站住了。他们每个人扳弯了一棵刺槐树，站成了一排。我们知道这种把戏；只要一靠近他们就会一齐松手，这时刺槐树就借着弹力猛地扫向我们。"黑汉腿"看得清楚，他一摆手喊道："停，别往前，快停！"

只有常奇一个人往前冲，边冲边用胳膊挡着脸，大声唱着。我们喊常奇，他根本听不见，只顾往前。

常奇冲到跟前，那些人猛地松开了刺槐树。不止一棵刺槐猛地拍到了常奇身上，他摇晃了一下，倒在地上。他紧紧捂着脸。

那群人呼啦啦跑开了。我们赶紧去救常奇。

常奇手指缝里流出了血。我们把他的手小心地挪开，这才发现血是从左眼流出的……我们抬起他往园艺场诊所跑去。

就这样，常奇的左眼毁掉了。他从那时起再也不唱歌了。

老师鼓励常奇继续唱，常奇总也不吭声。又到了每年一度的歌咏比赛了，老师劝他、哄他，领头唱着。老师唱了好一会儿，常奇才轻轻地随上。就这样，他重新唱歌了。

常奇的名声后来越来越大了，全公社，不，整个海边都知道，我们这儿有个独眼歌手，他的歌天下无敌。

描花的日子

这里一年四季都有让人高兴的事儿。春天花多鸟多，大蝴蝶多，特别是满海滩的洋槐花，密得像小山。夏天去海里游泳，进河逮鱼。秋天各种果子都熟了，园艺场里看果子的人和我们结了仇，是最有意思的日子。冬天冷死了，滴水成冰，大雪一下三天三夜，所有的路都封了。

出不了门，一家人要围在一起。

妈妈和外祖母要描花了。她们每年都在这个季节里做这个，肯定是她们最高兴的时候。我发现父亲也很高兴，他让她们安心做，余下的事情全包揽下来。平时这些事他是不做的，比如喂鸡等。他招呼我带上镐头和铁锹去屋后，费力地刨开冻土，挖出一些黑乎乎的木炭——这是春夏准备好的，只为了这个冬天。

父亲点好炭盆，又将一张白木桌搬到暖烘烘的炕上。猫在角落里睡了香甜的一觉，开始了没完没了的思考。外面天寒地冻，屋里这么暖和。这本身就是让人高兴、幸福的事。

妈妈和外祖母准备做她们最愿做的事：描花。她们从柜子里找出几张雪白的宣纸，又将五颜六色的墨搬出来。我和父亲站在一边，插不上手。过了一会儿，妈妈让我研墨。这墨散发出一种奇怪的香气。

外祖母把纸铺在木桌上，纸下还垫了一块旧毯子。她先在上面描出一截弯曲的、粗糙的树枝，然后就笑吟吟地看着妈妈。妈妈蘸了红颜色，在枯枝上画出一朵朵梅花。父亲说："好。"

妈妈鼓励父亲画画看，父亲就画出了黑色的、长长的叶子，像韭菜或马兰草的叶片。外祖母过来端量了一会儿，说："不像。不过起手这样也算不错了。"她接过父亲的笔，只几下就画出了一蓬叶子，又在中间用淡墨添上几簇花苞——我也看出来了，是兰草。我真佩服外祖母。

我也想画，不过不画草和花，那太难了。我画猫。猫脸并不难画，圆脸，两只耳朵，两撇胡子。可是我和父亲一样笨，也画得不像。父亲说："这可能是女人干的活儿。"

整整一天妈妈和外祖母都在画。她们除了画梅花和兰草，还画了竹子。父亲在一边看、评论，把他认为最好的挑出来。他说："这是你外祖父在世时教她们的，他不喜欢她俩出门，就说'在屋里画画吧'。可惜如今太忙了……我每年都备下最好的柳木炭。"

猫一直没有挪窝，它思考了一会儿，站起来研究这些画了。它在每一张画前都看了看，打个哈欠。可惜它趁我们不注意的时候踩到了红颜色上，然后又踩到了纸上。父亲赶紧把它抱开，但已经晚了，纸上还是留下了一个个红色的爪印。父亲心疼那张纸，不停地叹气。

外祖母看了一会儿红色爪印，突然拿起笔，在一旁画起了树枝。母亲把爪印稍稍描了描，又添上几朵，一大幅梅花竟然成了！我高兴极了，我和父亲都想不到这一点：有着五瓣的红色猫爪本来就像梅花嘛！

就这样，猫和妈妈、外祖母一起，画了一幅最好的梅花。

月　光

最不能忘的是月光。只要是海边的人就忘不了它，别的地方咱不敢说。因为海边地场开阔，一望无际，什么也掩不住挡不住，它可以随意铺开，照得浑天浑地一片黄灿灿亮堂堂。大月亮天里，谁还会待在家里。

一年四季都有好月光，什么月光派什么用场。比如冬天滴水成冰，大月亮天里我们会去南边村子里打架，在巷子里跑得浑身冒汗。那样的夜晚真棒，孩子们会组成不同的队伍，各有领头的，一个命令发出，战斗人员纷纷埋伏，有的钻进马车底下，有的趴在矮墙头上，有的钻进草垛里，还有的贴紧了牲口伏紧。对方做梦也想不到这边的兵力会这样部署，不等着挨揍才怪。

大雪一连半月不化，雪球就成为最好的武器。敌人一旦出现，雪球箭一样射去。大股敌人逃得没了影，只逮住几个散兵游勇，教训他们的办法就是把雪球硬塞进衣领。他们像烫着了一样，单腿蹦着跑开，一边跑一边骂人。

夏天的月亮天要去海边找看鱼铺的老人，这些老人在月亮刚出来的时候就开始喝酒，撂下酒瓶就胡说。月亮地里听一些鬼怪故事最吓人，实在吓得受不了就钻到海里。我们在等海妖，她们常常趁着月光出海。

海边上所有的老人都是我们的朋友。他们讲故事给我们听，我们就偷西瓜给他们吃。他们越吃越馋，怂恿我们去园艺场偷樱桃和杏子，去田里偷青玉米和花生红薯。东西偷来了，老人和我们分吃果实，然后动手煮东西，抓一大把盐撒进锅里。

我们每人喝一点酒，坐在铺前看海滩的热闹：像水一样的月光在远处草叶上浸了一层，许多小动物都出来了。那个像拳头大的东西是沙鼠，一挪一挪半滚半爬的是大刺猬；有什么扑啦啦从高处下来，那是猫头鹰；有个黄黄的家伙悄没声地、一颠一颠地跑过来，越跑越快，那是狐狸……

秋天最爱去的地方当然是园艺场。各种果子都熟了，香味顶人的鼻子。看园人装模作样背了枪，其实里面没有子弹——这是老场长下的命令，因为看园人个个脾气坏，见了偷果子的人真的会开枪，所以只让他们背空枪。这些人狡猾无比，白天睡觉晚上守夜，披一件破大衣趴在树杈上，等鱼上钩。

我们对付看园人有很多办法。先伏在地上看清楚，明晃晃的月光下如果不见黑影，那么他们就藏在树上了。这是最让人头疼的事。我们会分成两帮，有人故意在园子一边弄出些动静，把看园人从树上引下来，这边再动手。摘了一大包桃子和苹果，撒腿就往林场跑。我们总是在大橡树那儿会合，痛痛快快享受一番。

春天满海滩的洋槐花都开了，它们白天让太阳晒了一天，夜晚就在月光下使劲播散香气。这香气把所有村庄都灌满，让全村的人不再安分。平时天一黑就要睡觉的老头子们失眠了，提着裤子出门，一边系着腰带一边盯着月亮咕哝。一群群孩子在街道上嗵嗵跑，老头子们吆喝起来，认为就是这群孩子惹得他们无法入睡。

槐花的香味大约要笼罩20多天，其中有半个多月是最浓的。这样的日子当然是以玩为主，一到夜晚，村里人东一簇西一簇，迟迟不愿回家。我们在街上窜了一会儿觉得没意思，就会一口气窜出村子，跑进海滩，到一大团一大团的槐花跟前。

花开到了最盛的时候，一球球坠下来，树枝都快压折了。一些小飞虫也舍不得这么好的花期、这么好的月光，它们正忙碌不停。

有一天晚上我们一群正在海滩上玩，因为玩得太久，肚子咕咕响，就揪着槐花吃起来。吃饱了肚子躺在热乎乎的草地上，看着大飞蛾从眼前飘来飘去……这时都听到了脚步声和说话声，循着树隙找人，看到一男一女两个人——男的背着手，女的不停地甩辫子。

原来是校长和我们班主任。

我们都有些害怕，虽然什么坏事也没做。心嗵嗵跳，没有办法，在这种地方见到他们，好像犯了错误似的。我第一个从草地上跳起来，立正站好。

校长和班主任吓了一跳。他们趔趄了一步，看清是我，就说："哦。"

我嗓子有些不对劲，吭吭哧哧："我们，并不是总这样的……我们主要是在家里写作业……"

几个同学也站起来，不好意思地挠着头，不敢看校长和班主任。

校长背着手踱了两步，说："适当地休息还是必要的。我们备课累了，这不也出来散步了吗？这月亮多好，槐花多好……"

他们扯了几句，让我们注意安全等，就往回走了。

我们一直注视着他们的背影，直到再也看不见。大家重新欢快起来，胡乱揪几把槐花填到嘴里，在树隙里奔跑，大声喊着：

"这月亮多好，槐花多好……"

原载《人民文学》2014年第6期（有删节）

饥饿是种深刻的记忆

韩浩月

————————

路遥是对我有很大影响的中文作家，他写过长篇巨著《平凡的世界》，也有一部被改编成电影后轰动全国的《人生》，但印象最深刻的，却是他的中篇作品《在困难的日子里》，这可能是因为我和书中主人公的命运多少有点相似的缘故。

《在困难的日子里》的主人公名字叫马建强，在1961年那个中国历史上有名的困难时期，他从乡下以全县第二名的好成绩，考进了县城的高中，这对父老乡亲来说是件轰动的事，但因为没钱没粮，马建强险些没能如愿进入学校。

在父亲托人捎来话，告诉马建强再也无法给他送来一粒粮食了之后，他被推到了一个绝境，从此之后他就只能依靠自己解决"口粮"问题了，城郊的那片田野成了他的"天堂"。人在饥饿的时候会被本能驱使，寻找一切可以吃的东西，路遥刻画了一个疯狂在田野里觅食的人物形象："酸枣、野菜、草根，一切嚼起来不苦的东西统统往肚子里吞咽……"

《在困难的日子里》发表于1980年，我是在十多年之后才读到这篇小说的。也是因为这篇小说，我喜欢上了路遥的其他作品，并把路遥当作人生的精神导师之一。记得在阅读这篇小说的过程里，不止一次泪流满面，因为分明在马建强身上，读到了我自己的影子。

在我有童年记忆时，发生了一件大事，我的父亲去世了，因为疾病和饥饿。在小时候，奶奶无数次讲到家里挨饿时的情形，讲到村外的槐树皮都被剥了吃了，具体的吃法是，把槐树皮用石磨磨碎成粉，掺杂进一点少得可怜的玉米面、高粱面，蒸成好不容易才能捏成一个团团形状的窝头，就着白水吞下去。

我父亲有五个弟弟和一个妹妹。饿得没有办法，就带弟弟们去田野里偷吃的。青青的豌豆还没成熟，就被父亲偷着吃了，只能在地里吃，不能带回家，因为豌豆有生产队的人看着，被抓住了会挨一顿打，父亲和他的弟弟们，常吃得一嘴青色的豌豆汁。

父亲去世那年是1980年，那时候已经不用吃树皮、槐花和未成熟的豌豆之类的了，但地里的粮食还是不够吃。家里第一次烙小麦煎饼的时候，奶奶在灶前泣不成声，因为她想到我父亲这辈子，终于等到可以吃到小麦煎饼的时候，他却去世了。后来我和奶奶聊天，她总少不了要说一句："可怜我的大儿子，临死前都没吃到小麦煎饼。"

1984年，我和马建强一样，从农村考到了乡里的中学。之后不久，我们家从偏远的乡村迁往县城，因为我暂时不能转学去县城，只能一个人被留下求学，同时被留下的，是一大包煎饼和一小袋大约只有三四公斤重的小麦。

对于刚进入高中的马建强，路遥这样写道：

尽管目前社会普遍处于困难时期，但贫富的差别在我和这些人之间仍然是太悬殊了。他们有国库粮保证每天都有粮食供应，父母亲的工资也足以使他们穿戴得体体面面，叫人看起来像个高中生的样子。而我呢，饥肠辘辘不说，穿着那身寒酸的农民式的破烂衣服，跻身于他们之间，简直像一个叫花子！

这多符合我当时的情境。因为没钱，我没法去学校食堂打饭，虽然那份饭菜加在一起可能也不过一两毛钱。在别的同学相约去食堂打饭的时候，我只能一个人溜到宿舍，打开那包煎饼，抽出一张来掰碎，放进茶水缸子里，再去用免费的开水泡开，一点点吃掉。因为不确定家人什么时候能来给我送吃的，我规划了吃掉这包煎饼的时间，也就是说，我起码要保证，在一个月内，每天能吃到一块煎饼，才会带来安全感，就这样，一直等到有人来给我送吃的，或者把我接走。

随着时间的推移，那包煎饼渐渐发霉了，但用开水烫烫，还是勉强可以下咽的。只是食物不够，在课堂上经常会感到饥肠辘辘，那时候好饿啊，但我没有马建强那么强的觅食本能，愚笨的脑袋怎么也没想到可以去田野里找到一点吃食，只是被动地一天天缩小食量。

可能是青少年时期比较懵懂的缘故，我没体会到马建强在他所处环境里的绝望，只是有些孤僻，不爱和人相处，不爱运动，喜欢遐想，在思绪的漫游中觉得时间有时很快，有时又很慢……等我爷爷来学校接我的时候，煎饼已经全部吃光了，只剩下那袋没舍得吃掉的小麦，本来打算用它在最艰难时刻去换取一些饼或馒头回来的，现在用不到了。爷爷后来和我聊天时常说的一句话是："你那时候可怜的，就剩下一小袋麦子了……"

到了县城后，我们整个大家庭的境遇并不比在农村好多少。爷爷在街头摆了个摊子卖白开水，用这个连小生意都算不上的收入养活全家。在县城中学，家境好的学生更多了，那时候似乎没人再挨饿，起码孩子们是饿不着了，但我还是饿，家里从来都没有"早餐"这个说法，每天起床后无论寒冬还是酷暑，都是饿着肚子去上学，到了课间操的时间，已经饿得一点力气也没有了，路遥用这样的句子来形容：

饥饿经常使我一阵又一阵的眩晕。走路时东倒西歪的，不时得用手托扶一下什么东西才不至于栽倒。课间，同学们都到教室外面活动去了，我不敢站起来，只趴在桌子上休息一下，我甚至觉得脑袋都成了一个沉重的负担——为了不让尊贵的它在这个世界面前耷拉下来，身上可怜的其他部位都在怎样拼命挣扎着来支撑啊！

《在困难的日子里》中的马建强很幸运，他遇到了一个无论形象还是性格都很美好的女同学吴亚玲。吴亚玲是马建强困难日子里的一道光，她为马建强做了一份饺子，还把自己父母支走了，想要马建强吃一顿饱饭。为了这顿饭，吴亚玲可是煞费苦心，但马建强已经敏感到一定程度了，连听到"吃饭"这两个字，都觉得是别人对他的怜悯，委屈的吴亚玲泪珠挂在了脸上，而马建强的身体也在"剧烈地哆嗦着"，"止不住的热泪在脸颊上刷刷地淌下来了……"

由此可见，饥饿是多么可怕的东西，它让自卑的人更自卑，让敏感的人更敏感，它让人与人之间丧失了本真的联系，让美好的情感竟然变成了耻辱。在马建强所处的时代，饥饿是悬挂在人们头顶的乌云，走到哪儿抬头就能看到它，即便你不抬头看它，它也会通过胃部的痉挛来提醒你，在饥饿面前，尊严有时候会凸显它强大的模样，有时候又脆弱到不堪一击。

在我上中学的时候，班级里兴起一股风气，偷女同学带的盒饭吃，那是不愿意中午回家吃的女同学们带的午餐，这些午餐，往往在上课间操前后，就被饥饿的男同学们偷吃掉了。开始的时候，有女同学向班主任告状，后来发现没用，就纷纷多带一点，有喜欢的男生，还会专门送到他面前，看着他吃完。

我参加过偷吃盒饭的行动，被女同学抓到过，也被班主任训斥过。不知不觉间，也有两位女同学注意到了我，她们开始给我带吃的，不仅是盒饭里的米饭和炒菜（有时菜里面还有一些辣炒的肉块），还有一些时令水果，冬天的时候，还有香喷喷的烤地瓜。我看到过网上有人问，在路遥的小说里，吴亚玲是喜欢或爱马建强吗？对于这个问题，我的看法是，这里面有喜欢和爱的成分，但更多不是异性之间的，而是人性美好的一面在闪光。在困难的日子里，如果连这些美好的人性也消失了，那才叫难上加难，没法活了。

我一直把那两位女同学，当作姐姐式的人物，她们也把我当作弟弟，听我讲我以前的故事，会哭，流泪。毕业之后，我们保持了一段时间的通信，她们告诉我她们的境遇，喜怒哀乐，我告诉她们我喜欢文学，在学习写作。后来联系慢慢地中断了。现在已经记不清楚她们的样子，但不会忘了她们在我饥饿的岁月里提供的食物，也让我对女性产生独有的情感，抱有倾慕之心。

断断续续地，后来还有过一些挨饿的经历，不过都已经是片段式的了。记得有一次坐长途公交车去另外一个县城，坐上车后心慌慌的，才想起来上车没有吃东西，胃空荡荡的，也没法下车去买什么食物，只好在口袋里摸索，竟然摸出了几十颗瓜子，把那些瓜子一颗颗小心地剥开，再小心地放进嘴里，慢慢地咀嚼，慢慢地咽下，真是觉得这瓜子是天下最好吃的食物。饥饿真是一种深刻的记忆，以后纵然品尝过诸多美食，但一直忘不了那几十颗瓜子的味道。

在以后的时光里，我再未读过路遥那篇《在困难的日子里》，因为不用读，文字中那些刻骨铭心的描写，已经深深印在心里，哪怕具体的章节和词句都忘记了，但故事里那个倔强少年的形象，却一直以飘摇的方式存在着，他那被冷风吹起的破旧衣裳，他奔跑在田野里，为一颗被人们遗留在地里的土豆而欣喜若狂的样子，面对喜欢的女生时的那种自惭形秽……都让我感同身受。也许，从读完这篇故事开始，我的骨子里就有了饥饿情结，对描写饥饿的文字特别感兴趣，后来才知道，许多优秀的中国作家，都有深刻的饥饿情结，因为他们都曾经历过比我所经历的要困苦无数倍的饥饿岁月。

莫言获得2012年诺贝尔文学奖时，有记者问他是什么促使他走上了文学道路，他的答案是"饥饿"。和《在困难的日子里》的马建强一样，莫言在"三年自然灾害"期间，吃过树皮、草根，同样是在1961年，村里的学校拉来了一车煤块，莫言从煤车上抢了一块，咯吱咯吱地啃了起来，后来回忆，莫言觉得那煤块越嚼越香，"味道好极了"。可以说，是饥饿"喂养"出了一位诺贝尔文学奖获得者。

写饥饿，天津作家杨显惠写到过一种食物叫"粉汤"，别看这个名字看上去挺洋气，事实上却是用黄茅草籽煮出来的，只是看上去像淀粉熬的汤而已。杨显惠在书中写道：

这东西根本就没有营养，但是也没毒，吃它就是把空空的肠胃填充一下，克服饥饿感，就像有些地方的人吃观音土一样。这种东西能挺时间，吃上一次能挺三天，因为它是不消化的。既然不消化也就排泄不出来，需要吃别的野菜什么的顶下来。这种东西千万不能在粥状的时候喝下去。在它还没凝固成块状之前喝下去，它会把肚子里的其他食物——树叶子呀，还有别的杂草籽呀——粘在一起，结成硬块堵在肠子里形成梗阻。

如果说这样的描写还不足够惊心动魄的话，那么书中记录的其他故事足以让人惊呆：一名"劳改犯"把刚吃到胃里的食物呕吐了出来，还没来得及消化的食物颗粒，马上被别的"劳改犯"抢了去。为什么要抢去？因为这些呕吐物放在水里清洗一下，还可以重新做成饭吃下啊。我不是太过感性的人，但看到这样的情节，也难免落泪。

我一直觉得，现在的食物浪费状况如此严重，和我们曾经的饥饿记忆有关，因为被饿怕了，所以宁愿吃不了，也要点满一桌子饭菜，宁可被倒掉，也不愿意在请客时面对菜肴被吃光的尴尬。这是对饥饿记忆的一种报复，而这种报复又是那么的没有必要。面对物质过剩，我们更应该正视过去的饥饿，走出饥饿的阴影，用正常的心态去对待食物，进一步来说，用从容的心态来面对生活。

在给年轻的孩子推荐读物时，我会特别推荐这本《在困难的日子里》，孩子们嘻嘻哈哈，要去读漫画、玩游戏，薄薄的一本书放在那里，也许一页都没打开过。他们没有挨过饿，他们中的多数，都是被爷爷奶奶、爸爸妈妈端着饭碗满屋子追着喂食的一代，因此，他们并不知道食物之所以香，不是因为出自多好的厨子之手，不是因为是多么优良的食材，而是——只有在饥饿时，你才会觉得，食物会让人感恩，会让人流泪，会让人铭记。

原载《散文》2015年第8期

遥远的春节

杨晓升

————————

时序的春节日渐临近，记忆中的春节却越来越远。

的确，对我来说，儿时的春节是一年中最令人激动的节日。那时候是"文革"，物质极度匮乏。日常生活中每天都无法离开的粮油猪肉布匹肥皂等物资，都是定额供应、凭票证购买。居民每月定量的口粮根本不够每餐吃米饭，只能每餐用少量的米多兑些水煮粥。粥当然是稀粥，水多米少，煮出的粥近乎米汤。好在那时候农贸市场上还有廉价的红薯，一元钱能买十几斤，最便宜的时候一元钱能买到二十斤。红薯切成块煮成红薯粥，粥不那么稀了，红薯还补充了大量营养。及至如今生活水平大幅提高，众人才知红薯原来含有膳食纤维、胡萝卜素、维生素A、维生素B、维生素C、维生素E以及钾、铁、铜、硒、钙等十余种微量元素，营养价值很高，被营养学家们称为营养最均衡的保健食品，甚至有"抗癌之王"和"蔬菜冠军"美称，我才聊以自慰，感觉物质生活极度匮乏时的那种万幸。当然，这都是后话。

还是回到儿时的春节。

一年漫长的三百六十五天，除了元宵、端午和中秋等不多的几个节日或平日里偶尔来了重要的亲戚朋友，最幸福的时光莫过于春节，因为春节可以天天吃白米饭，而且可以连吃数天，从除夕到正月初五，天天如此。重要的是还天天开荤，一年中难得一见的鸡鸭鱼肉蛋，还有潮汕民俗中拜神祭祖准备的各色祭品（都是潮汕特色糕点、各色菜馅的米粉粿和各种水果），春节期间也天天可以吃到。馋疯了的人们仿佛报复性地选择在春节期间大吃大喝，直吃得满嘴流油饱嗝连连才甘愿罢休。也许是因为春节意味着吉祥，孕育着希望，再穷的人家也都要竭尽全力倾尽积蓄买回各种年货，让自己的家人吃个心满意足。仿佛这么吃，才会有好头彩、好兆头。仿佛不这么吃，就会被世人小瞧、来年时运不济。

对于小孩子来说，最兴奋的莫过于穿新衣。长年累月，平日里普通人家一般都买不起新衣，春节前则家家户户砸锅卖铁也要给自家的老老少少购置新衣，至少是每人一套，经济稍宽裕的人家每人会购置两套。即使经济所限难以做到大人们也购买新衣，小孩子们肯定是少不了的。因为春节孩子们天天聚在一起玩耍，谁穿新衣谁不穿新衣，那可事关一家人的脸面。贫穷百姓再穷也不能不给自家的孩子买新衣，那时候大都是买新布料自家做或找专业裁缝做。甭管面料好坏，新做的新衣孩子们都会高高兴兴穿上它，心满意足洋洋自得地在小伙伴们当中鲜鲜亮亮地显摆一番，以博取自得与欢乐。春节过后，新衣则成为每个孩子漫长岁月里不可或缺的装着，旧了也穿，破了则补。嫌小穿不进了，则退给自家的弟弟或妹妹继续穿，所谓"新三年旧三年，缝缝补补又三年"就是这个样子。那时候中国还鲜有独生子女家庭，谁家都有兄弟姐妹，旧衣旧鞋的"废旧利用"便无所不用其极，十分充分。从这个角度讲，拥有兄弟姐妹的家庭，穿着最不浪费，也最为环保。这是如今的独生子女家庭所不能想象的。

压岁钱则是孩子们春节中的另一种惊喜。贫穷人家，钱对孩子们来说非常奢侈。平日里，孩子们可不像今天的孩子这样幸福。如今的孩子钱可以随时找父母要，即使孩子不主动要钱，做父母的也会随时关爱有加地问孩子需不需要钱，唯恐孩子没钱出门受委屈，甚至百依百顺要什么给什么。那时候的孩子，平日里衣兜里很少有零花钱，偶尔有几个一两分或五分面额的硬币，那已是父母的极大恩赐，肯定是孩子做了什么好事或父母高兴时偶尔的奖赏。那时候普通百姓的孩子，春节得到的压岁钱也不像如今的孩子，动辄数百上千甚至上万，父母给的压岁钱少则几毛，多则几块，一般都是事先在银行换好的新票子，一角两角五角，一元两元五元，崭崭新新，整整齐齐，不留半点褶皱。如此崭新的钞票，孩子们拿了大都也舍不得花，大都小心翼翼地藏着掖着，唯恐丢失了或被别的孩子偷了，抑或生怕被大人们无意间拿走。有了压岁钱，春节里穿着新衣的孩子，底气更足了，情绪更加高涨了，笑容也更加灿烂。孩子们在一起耍闹追逐嬉戏的笑声，无拘无束，清澈爽朗，让"文革"压抑贫穷的日子有了难得一见的生机。

春节期间，走亲访友是大人们日复一日的节目，当然是要带上自己的孩子。潮汕地区，春节串门走亲访友，给对方的老人小孩压岁钱是必不可少的礼节，当然双方必须是沾亲带故的，要不就是平时来往较多关系较好的挚友。上门做客时，须事先备好红包，红包里装两角四角两元四元不等，多少都有，但必须是双数，意为好事成双。客人给主人家的老人小孩送红包，主人也需要给客人带来的孩子回送红包，礼尚往来，这是人情世故中的一种平衡，也是一种悠久的民俗文化。假若有谁敢打破这种平衡，比如只收礼不回礼，轻者背后会被责骂自私不懂规矩，重者会被世人鄙视冷落直至断绝来往。所以，春节串门带上自家的孩子，既是聚会凑热闹的需要，更是利益均衡的需要。假如上门做客红包只出不进，那可就亏大了。所以，春节上门做客的人一般都会带上自家的孩子，而且对方有多少孩子，自家一般也会带上数量相等的孩子。跟着父母串门做客，孩子们当然也乐意，好吃好喝、热热闹闹不说，还会收到装有压岁钱的红包，孩子们何乐不为？

只是孩子们收到的压岁钱，最终大都要收归父母所有。贫穷时代，经济拮据，谁家花钱都捉襟见肘。春节送出的红包也是平时节衣缩食挤出来的，孩子们的红包如果不上缴，春节一过，家里的生活就更加艰难了。所以，春节孩子们收到的红包，除了留下少许，最终大都得上交家长，家长美其名曰怕孩子弄丢了，交大人"保管"安全。家长当然还有更充足的理由：寒假一过，新学期开始需要买文具交学杂费，压岁钱还不是用到你的身上？如此理由，堂堂正正，孩子们一般也不会辩驳。穷惯的孩子早懂事，谁也不敢奢望压岁钱都会留给自己乱花。即使如此，谁也不能否认压岁钱给孩子们带来的欢乐。

我本人自小生在潮汕，长在潮汕。记忆中，儿时的春节便是在这种氛围中度过的。"文革"中清贫压抑的漫长日子里，只有春节才会让人体味到欢乐，也只有春节才能让人感受到幸福。尽管这种欢乐和幸福相对短暂，却让人向往，让人激动，让人难忘。唯其如此，春节的日子也才弥足珍贵，让人珍惜。

光阴荏苒，时过境迁。随着年龄的增长和社会生活翻天覆地的变化，如今的春节对我来说却已经淡漠，甚至已经越来越远，因为平日里我们都已经不缺吃不缺穿，日常的营养和生活需要早已得到满足。吃喝穿戴，基本上要什么有什么，可以说天天过生日，日日度春节，如此丰衣足食，儿时过的那种春节谁还稀罕？

何况如今的春节，狂轰滥炸的问候短信，应接不暇的朋友聚会，常常让人疲于应付、心生疲惫，以致内心深处反倒抵制春节。

要问如今的我对春节还有什么期望的话，倒是七天的长假中或多或少还能让我挤出一些时间读书写作。光阴似箭。日月如梭。人生苦短。平时公务缠身、终日忙忙碌碌的我，渴望有一点属于自己的时间，让自己停下忙碌的脚步，恢复生活的平静，也让灵魂得以稍稍的歇息，身心得以调整、放松，集中精力做一点自己想做的事。这大概就是我如今对春节的一点期盼。

原载《香港商报》2016年2月21日